마음의 꽃

마음의 꽃

발행일	2019년 9월 6일		
지은이	김현호		
펴낸이	손형국		
펴낸곳	(주)북랩		
편집인	선일영	편집	오경진, 강대건, 최예은, 최승헌, 김경무
디자인	이현수, 김민하, 한수희, 김윤주, 허지혜	제작	박기성, 황동현, 구성우, 장홍석
마케팅	김회란, 박진관, 조하라		
출판등록	2004. 12. 1(제2012-000051호)		
주소	서울시 금천구 가산디지털 1로 168, 우림라이온스밸리 B동 B113, 114호		
홈페이지	www.book.co.kr		
전화번호	(02)2026-5777	팩스	(02)2026-5747

ISBN   979-11-6299-859-5 03810 (종이책)   979-11-6299-860-1 05810 (전자책)

이 도서의 국립중앙도서관 출판예정도서목록(CIP)은 서지정보유통지원시스템 홈페이지(http://seoji.nl.go.kr)와
국가자료공동목록시스템(http://www.nl.go.kr/kolisnet)에서 이용하실 수 있습니다.
(CIP제어번호: CIP2019034498)

(주)북랩 성공출판의 파트너
북랩 홈페이지와 패밀리 사이트에서 다양한 출판 솔루션을 만나 보세요!
홈페이지 book.co.kr   •   **블로그** blog.naver.com/essaybook   •   **원고모집** book@book.co.kr

마음의

꽃

북랩 book Lab

서문

쉬어 가지 않는 것이 세월인 것 같습니다.

중학교 시절에 글쓰기를 좋아해 「바닷가」라는 수필로 장원상을 받았습니다. 어린 시절 기뻤던 추억은 살아 있어, 강산이 다섯 번 변한 후에 글을 쓰기 시작했습니다.

그동안 선배, 후배, 친구들과 '시'를 통해 소식을 전하고 대화하면서 조언도 받고 교류도 하며 시를 좋아하는 사람, 그저 그런 분들과 다 다른 생각이 조화를 이루어 친분이 쌓이면서 많은 시가 쌓여 『마음의 꽃』으로 서향의 노을빛을 받아 시집을 출간하게 되었습니다.

태양이 떠오르듯 애수의 달을 보며 반짝이는 별같이 보는 느낌과 자연 속 향기 속에 영감으로 짧은 글을 작은 그릇 속에 담았습니다. 수많은 꽃이 다 다른 아름다운 향기가 시를 통해 우리들의 마음속에 향기로 스며들어 아름다운 마음으로 행복한 길이 피어나길 바랍니다.

이 시집을 통해서 시집이 별것 아니구나 하여, 누구나 시집 한 권쯤은 출간하여 흔적으로 남길 수 있다는 원동력과 용기를 심어 주면 좋겠습니다.

자연 속의 여백 속에 여유를 가지고
꽃향기 풍기는 나날의 행복 기원합니다.
감사합니다.

2019년 9월
시인 다현 김현호

PART 1. 꽃

PART 2. 무(無)

PART 6. 역사

PART 7. 가족

PART 1

꽃

시 좋아

향기가 있는 아름다운 꽃에 나비 날아

시원한 바닷가 언덕 위에
좋은 꽃 피고 지고 또 피어
나비 날아들고 고추잠자리 날아
아리랑 고개에 꽃향기 날린다

시인은
향기 있는 꽃이 피어
나비 날아들고
영감이 들려오며
해와 달 뜨는 자연 속에서 아름다운 '시' 쓴다

이름 없는 마음이 편한 무명의
시인이 되고 싶다

나의 시

가장 편안하게
부담 없이
느낌의 떠오름이 있을 때
언제나 시를 쓴다

해가 동트고
달이 떠오를 때처럼
영감이 떠오름이 있을 때
때를 놓지 않고 시를 쓴다

나의 시는 스승이 없다
학창 시절의 국어 공부 수준으로
영감의 느낌으로
보통 수준으로 시를 쓴다

빈 마음으로
이름 없는 무명 시인으로
신기루 같은 신춘문예인을 바라지 않는
무명 시인으로 시를 쓴다

자연과 인간의 관계
느낌과 감정이 폭발하여
아름다운 꽃이 피고
문화의 향기가 나도록
제 멋으로 시를 쓴다

'시'는 마음속의 샘물이다

'시'의 영감

시는 자연과 인간의 어울림에서
호수에서 연꽃이 피듯
사랑과 미움 감정 속에서 피는 꽃

읽고 들으면 한눈에 들어
느낌이 있고 감동이 되어
뇌리에 스쳐, 마음에 잠기며
동행할 수 있는 간결한 글

시는 보는 이 듣는 이에게
높은 곳에 있는 까치나 따 먹는
감이 없는 어려운 고민을 주는 건지!

시는 배려가 있어 행복의 감동이 절로 흘러
가득한 향기 있는 꽃이 '시'다

시는 마음의 밭에서 고뇌 속에 피는 꽃
누구나 이해하고 나름의 해석이 되어
우리 모두의 눈높이에 어울려서
보고 듣는 이의 가슴에 스며들어
즐거운 시간이 흐르는 향기, '시'다

삶은 고통과 행복 속에 가는 길
슬픔은 한이 맺히며 오래가는데
행복은 꽃이 피고 지듯 빨리 흘러가지만
향기 있는 아름다운 시가 흐르면
행복도 천천히 오래 갑니다

마음속의 꽃

사물에 대한 느낌
마음속으로 들어오는 감정
간결하고 짧게 쓰는 글

떠오름이 두근두근
느낌과 감정이 쌓이고 쌓이며
사랑과 미움 속에
감동이 오는 영감
마음속에 핀 꽃 '시' 꽃이 핀다.

꽃 보듯이
물 흘러가듯
한 그루 나무를 보듯
'시' 속으로 들어가는 영감이 있을 때

잔잔히 감동에 젖어 들어
마음속의 꽃
시의 꽃이 아름답게 핀다

무화과 순정

초록 잎 멋있게 고깔 씌우고
꽃 없이 핀 파란 열매
사랑 마음 있어
화려한 빨강 꽃 숨어 피는지
사랑꽃 무화과 안에 피었네

순결의 부드러운 빨강 꽃
정든 순정의 꽃 어여쁘네
사랑 맛 만들며 피고 있네!

속마음에 피는 꽃
짝사랑인지
마음속 빨강 꽃 예쁘게 피네

느릿느릿 피는 꽃에
기다리다 지쳐 입 맞추니
흰색 순결 지키고 있어
사랑 입술이 부르트네

사랑의 맛
꽃 맛 달콤한 맛
무화과꽃 입 맞추며 사랑 이룬다

백송나무 순정

백송나무 가슴 깊이 심어 두고
바람 타고 가신 임아
백 년이라도 기다릴게요

파란 하늘 빛 받아 가면서
변함 없는 푸른 잎 되어
동트고 노을 져도 기다릴 거야

은빛 하늘 달 바라보면서
백송 향기 가득 채우며
꿈속에서 만나면서 기다릴 거야

늘 푸른 향기 있는 백송나무 되어
하얀 살결에 푸른 옷 입고
임 사랑 향기 가득 채우며
떠날 때 그 모습 그 향기로
백 년이라도 기다릴게요

달보다 더 둥근 마음으로
당신을 기다릴게요

백송나무 사랑의 상처
흐르는 하얀 눈물
사랑으로 닦아 주세요!

백송 눈물

푸른 잎은 하늘 바라보고
흰 눈물은 땅을 내려보고
흐르는 흰백 눈물
상처 입은 눈물 하얀 눈물
길게 아픈 눈물 자국이 흐르네

세월이 가야 지워지겠지

푸른 희망은 미래를 바라보고
아픈 눈물은 땅을 내려보고
한 맺힌 눈물
눈물 없는 마른 눈물
상처받은 보이지 않는 눈물
가슴속에 피눈물이 차 있는데

어른이 되면 지워지겠지

꽃 피고 지듯 행복은 지나가고
한 맺힌 눈물은 가슴에 못이 되는데

한 맺힌 한세상 어찌 살리?
세월이 가면 주름살이 지워 주겠지

백송 눈물 순결을
푸른빛으로 지키리라

계수나무 향기

살랑살랑 사랑 바람 부는데
둥근 달 보며 떠나가신 임

별이 반짝이는 밤이며
은빛 달에 계수나무 심어 두고
달콤한 임 향기 보내 달라네

계수나무 달콤한 사랑 향기
두툼한 떡잎 속에 가득 채워서
얼룩진 노랑 손수건 흔들며
실바람에 날려 뭉게구름에 실어
사랑 향기 보내 드리오리다

계수나무 달콤한 사랑 향기
둥근 달에 가득 찰 때까지
달이 뜬 밤이면 보내 드리리

애가 타는 날이 너무도 길어
계수나무 달콤 향기 울고 있으니
사랑 향기 이제는 보고 싶어요!

진달래꽃 연정

푸른 잎 나기 전에
분홍 꽃 연하게 피어
뒷동산이 붉게 물들어 가며
사랑 향기 눈에 꽃 피어
그저 임이 좋았는데

기적 소리에
연한 꽃잎은 지고 말았어요

사랑은 흘러 갔는데
진달래 꽃 가슴속에 숨어 있는지
분홍 꽃 연한 사랑은
푸른 잎을 넘어서
세월 속에 단풍잎 되어 가는데

새 봄 광교산에
분홍 꽃 피기 시작하며는
마음속에 분홍 꽃 따라 피는지
뒷동산의 사랑 추억 스치는 사랑

연하디연한 분홍 꽃 어림 사랑이
내 마음속에 살아 있는지
연한 사랑을 지울 수가 없구나!

산수유꽃 사랑

긴 긴 겨울
내 님 기다리다 지쳐
졸졸 시냇물 흐르는 소리에
노란 드레스 입고
노란 꽃술로 핀 산수유꽃

영원불변한 노란 사랑꽃
사랑스레 보이는데
임은 보이지 않고
봄바람만 사랑스레 부네

꽃잎 지고서야
벌 나비 날아드니

못다 한 사랑 이루기 위해
기다리고 기다리며
정열의 꽃 가을에 피었네

붉은 열매 꽃 예쁘게 열어
힘 있는 정열의 열매 꽃 피었네

새 봄에 산수유꽃 못다 한 사랑
가을에 정열의 빨강 사랑 이루니
열매 사랑이 너무너무 좋아
무어라 말할 수 없네

미소

꽃잎은
아름답고 향기로워
꽃 보는 이는 미소 짓는다

얼굴은
꽃을 보고 미소 짓는다

꽃잎은 피어나고
예쁜 꽃향기로 인사하더니
이별 눈물 내리니
아름다운 꽃향기 떠나갑니다

미소의 여운은 남아 있어
해님은 웃고 달님은 미소 짓는다

얼굴은
꽃 피듯이 미소로 인사하고
꽃 보듯이 미소로 대답합니다

눈인사 미소로 핀 꽃
애틋 야릇하고 참 아름다워

미소는 말이 없는 아름다운 행복
오늘도 꽃 보듯이 미소 짓는다

어린 동심

아름다운 꽃은
푸른 잎 생색 뾰족 커 가고
향기를 뿌리며
꽃잎은 둥글둥글 꽃 피는데

어린 동심은
사뿐사뿐 껑충껑충 꽃발[1] 커 가고
기쁜 리듬의 생동감이 넘쳐 흐른다

얼굴은 둥실둥실 웃는다

동심을 동 동 동 심으니
어린 재능이 커 가고
훗날 성공의 아름다운 꽃이 되겠지

---

1 까치발의 사투리.

바다에 핀 눈물 꽃

바다 바라보는
동백꽃은 때가 오면 피고 지는데
꽃향기는 스치듯 바다 꽃이 되어
바람 스치듯 멀리 떠나가고

행복은 꽃 미소 꽃향기
작은 행복 꽃피듯이 꽃 피며
꽃향기처럼 살고 싶었는데

한 송이 꽃은
연꽃처럼 핀 눈물 꽃

무엇 때문에
꽃 피듯이 피고 지며 가 버리고

한 맺힌 충격 슬픔은 끝없이 남아
바다 물결처럼 하얀 눈물 흘리네

기다림 속
엄마 마음속
꽃 지듯이 시들어 가는데

바다 위 눈물에 젖은 꽃
흔적이라도 가지고
하늘에서나 피어 볼까

하늘 꽃 만나려
희망 끈 놓지 않으리

꽃 피어

파란 잎 다섯 층층 잎 만들어
꽃대 감싸고 둥글게
겹겹이 아름답게 차례 기다려 피네
꽃잎 다섯 겹 잎 다섯 오오 스물다섯
꽃 피네!

꽃잎으로 단장한 금관 쓴 여왕 꽃
꽃동산의 향기 속에 찬란히 빛나며
예쁘게 십일홍 넘어서
피고 또 피네!

스물다섯 정열의 꽃
보고 또 보아
꽃술에 취해 오도 가도 못하네!

꽃 속의 꽃 아름다운 꽃
마음속에 심어
꽃 웃음 꽃 미소 지으며 살리

스물다섯 정열의 꽃
오늘도 보고 싶어라

꽃 줄 장미꽃

긴 기다림
꽃잎 다섯 만들어
일곱 예쁘게 감싸네!

꽃술 꽃향기가
풍기는
꽃 인사 예쁘네!

꽃 줄에
나비 날아들어
꽃들이 환대하여
꽃뱀에 내 마음 물렸네

아름다운 꽃봉오리
꽃술 칠 공주 모여
꽃동산 이루네!

꽃잎은 아름답고
꽃술은 향기로운
감미로운 꽃 맛

꽃 줄에 꽃향기에 취해
꼼짝도 못해
오고가지도 못하네

동그라미 그리는 꽃잎에
하하 호호 웃는다

둥글둥글 웃음

줄지어 눈 맞추며
하하 호호 둥글둥글 웃음
빨강 꽃 웃음으로 반긴다

꽃길 따라
끄덕끄덕 바람결에 인사하며
동그라미 그린 웃음이 동행하는데

가시를 넘어서
세모 네모를 넘어서
둥글둥글 살란다

마음은 상쾌하고
꽃향기 스며드는데
누가 꽃보고
화무십일홍이라 했던가!

피고 피어
빨강 웃음 정열 웃음
오늘도 반기는구나!

내 임 내 사랑
정열의 빨강 웃음꽃
백년동락 만들며 살아

아름다운 단풍잎

푸른 옷 입고
모진 풍파 견디며
예쁜 꽃도 피우고 향기도 날리며
알찬 열매도 주렁주렁 열렸는데
모두 떠나 버린 지금
외로운 단풍잎 두 잎 남았는데
푸른 잎 같이 달던 친구 보니
아름다운 단풍잎 두 잎 똑같네

백구의 길이는 짧아지고
오고가는 술잔도 줄었지만
위를 쳐다보지 않고
느린 삶을 살아도 되는
아름다운 단풍잎 황금기인가

여행도 가고 산행도 하며
시간이 남으며 빚진 잠이나 갚으며
영화도 보고 시도 쓰고 노래도 부르며
내 마음대로 살아 보는 인생
태풍이 불어도 비가 내려도
떨어질 낙엽이 없으니
인생 황금기
즐겁게 행복하게 살아가세

느림이 멈출 것 같으면
오색 단풍잎 되어
아름다운 단풍잎 마음대로 살아
오늘도 신나게 멋있게 즐기며 편하게 살아가세

꽃 피고 지고

마음속 군자 난 정성을 다하니
한아름 화려한 꽃 피웠는데
십일홍에 시들고
자연 속 백일홍 수년간 바라보니
가지마다 향기 꽃 피우다가
석 달 열흘에 시드니

꽃이 시든 것은 열매 가는 길
열매가 떨어지는 것은 새싹을 위한 것
끝의 차이는 씨
피고 지는 것은 영원한 것

시녀 속 공주는
평생을 단물만 먹어
쥐 봉황새 되어 날뛰니
끝은 쓴맛

이 세상에 영원한 것은 하나도 없는데
끝을 모르는 것은
신이 인간에게 주는 가장 큰 선물

해가 지고 달이 뜨고 꽃이 지듯
천지만물 끝이 있는 것은
또 다른 시작의 길
끝을 모르는 것은
끝을 보면 끝이기 때문이다

행복은 꽃

진달래꽃 연분홍 꽃
동백꽃은 빨강 꽃
한세월
때가 오면 피고 지고
꽃향기는 바람 스치듯 지나가는데

내 사랑 나의 행복
모진 풍파 슬픔 견디면서
연꽃처럼 피었는데
화무십일홍이요, 백일홍이요
꽃향기 스치듯 여운만 남는다

기쁨은 꽃 피듯이 지며 가 버리고
한 맺힌 슬픔은 끝이 없는데
낙엽 되어 떨어지면 지워지겠나

행복은 꽃
꽃은 미소
미소는 꽃향기

꽃이 피고 지듯
작은 행복으로
꽃 피며 꽃향기처럼 살겠어요

맨드라미

태양이 타오르듯
정열을 깔아 놓은
붉은 홍색 정열

어릴 적 고향에는
집집마다 피어 있던 꽃
아파트 숲속에서 잊었는데

수탉의 머리빗으로
배움터 문 지키고 있네!

타오르는 사랑
홍색으로 물들이며
입술을 깔아 놓고
웃음꽃 강의 하네

봄꽃 떠난 후에
봉숭아꽃 친구 되어
시들지 않는 사랑 주네

무더운 여름을 지키는
수호천사 맨드라미
꽃 지킴이 되어 주네!

빨강 석류

초록 잎 초록 입술로
꽃처럼 예쁜 빨강 열매 숨기네

속마음에 사랑꽃 있는지
두꺼운 빨강 옷 입히고
꽃 속에 알알이 모여
꽃처럼 예쁜 빨강 열매 만들어
빨강 사랑꽃 피네

스쳐 가는 짝사랑
얼굴 빨개지며
빨강 입술 길게 내밀어
기다리는 임에게 신맛 적시고

빨강 신맛 속에서
예쁜 빨강 입술로

가을이면
임에게
빨강 사랑을 주네

꽃 피는데

차창 밖
예쁜 꽃들은 만개
꽃눈은
임 기다리는데

기차는
빠르게 지나가
세월만 흐른다

살랑살랑 봄바람이
치마 끝에 스며들어
사랑꽃도 피는데

청년은 아직
사랑꽃 보지 않고
삶의 터만 찾고 있네!

아름다운 사랑꽃에
벌 나비 날아들어
아기 우는 소리
듣고 싶은데

입 맞추는 꽃과 나비
보이지 않네

소중한 다른 꽃

붉은 꽃 예쁘고 아름다운데
가시 넘어 푸른 잎 넘어 피고 피어
동그라미 그리며 웃어서 좋아요

빨강 작은 알알이
가시 넘어 잎 넘어 열린 붉은 열매
새큼 맛 용솟음치는 힘 있어요

빨강 별빛 꽃 피어
알알을 두껍게 지키며 열린 붉은 열매
달달 쓴맛 아름다움 주는 힘 있어요

푸른 바다 바라보며
바람 불어 가시 넘어 열린 노란 열매
기다리며 찬 잔 속에서 상큼 만나요

푸른 잎 푸른 열매 열리는데
꽃 피기 기다리고 기다려도 푸른 열매
열매 속에 빨강 피어 사랑 맛 주네요.

아픈 가시, 기다림, 열매 있어요
모습도 속마음도 재능도 같을 수 없어요
소중한 다름, 재능으로 키워요

인생 살아가는데
다 다른 모습, 생각, 재능
소중한 다름이 서로 듣고 말하는
꽃처럼 열매처럼 자연스레 살아요

꽃바람이 불 때

봄바람에
연분홍 연한 꽃 피었는데
꽃바람 따라 가 버리니

꽃 마음은
떨어진 꽃잎 되어
벌 나비 떠나가고
서글픈 분홍색 눈물만 흐른다

꽃이 좋아 꽃향기 좋아
꽃님 만나러 갔는데
꽃잎은 지고
파란 잎이 되어
열매 만들고 있네

사랑은
눈빛이 아름답고 빛날 때
입 맞추지 못하니
떠나가 버리네

꽃피고 정들 때
눈감으며 손잡아 사랑하며

그날에
사랑의 아름다운 꽃이 핍니다

긴 꽃

긴 기다림 일 년
꽃잎 다섯 만들어 일곱 예쁘게 감싸
정열의 아름다운 꽃 피네

꽃술 꽃향기 풍기는
꽃 인사 예쁘네!

벌 나비 날아들어
꽃잎에 입 맞추며
사랑의 선물을 주네

아름다운 꽃봉오리
꽃술 칠 공주 모여
꽃동산 이루었네!

꽃잎은 아름답고
꽃술은 향기를 피워
사랑꽃이 핍니다

아름다움에 취해
꽃향기에 취해
긴 꽃 사랑에 빠지면
오도 가도 못하니

사랑에 취해도
예쁜 꽃뱀은 조심해야지

코스모스꽃

드넓은 곳에도 길섶에도
모여든 코스모스꽃

북서풍에 허리 휘어지고
미풍에 꽃 흔들려도
스치는 바람이 지나가도
흔들린 흔적도 없이
오뚝이처럼 바르게 서서

빨강 정열
분홍 사랑
하얀 기상
아름답게 피며
태풍도 미풍도 이긴다

금수강산에
코스모스꽃 피우리라

기분 좋은 스침

꽃이 피고
벌 나비 스쳐 가는데

스쳐만 가도
기분 좋은 만남

사랑도 미움도 없는 스침
마음이 좋아요. 기분이 좋아요

하루 한 번 아침에 스치는 사랑
그저 기분이 좋아져요

하나 둘 셋
기분이 좋아지는 꽃들이 있어요!

스쳐만 가도 기분 좋은 꽃
오늘도 기분 좋은 나비 날리?

스치며
마음으로 사랑해요

처녀림

바람이 불어도
나뭇잎 팔랑팔랑 춤을 춰도
외로이 혼자 있는데

아름다운 나무는 커 가면서
우거지고 그늘져
씨 뿌리지 못하여
닮은 모습 못 보고 있네

봄바람이 불어
치맛자락 살랑살랑 흔들려
아름다움은 짙어 가는데

세월은 물 따라 가는데
씨는 언제 뿌리려나

아름다운 잎
색칠하기 전에
씨 뿌려
미 닮은 아름다운 모습 보고 싶다

아름다운 선 이어지길
빨리
소원한다

꽃 사랑

긴 기다림 일 년
꽃잎 다섯 만들어
일곱 예쁘게 감싸네!

꽃술
향기 풍기는
꽃 인사 예쁘네!

벌 나비 날아드니
꽃잎 위에 환대하여
꽃향기 선물 주네!

아름다운 꽃봉오리
꽃술 칠 공주 모여
꽃동산 이루네!

꽃잎은 아름답고
꽃술은 향기로워
벌 나비 입 맞추네

아름다움에 반하여
꽃향기에 취해
오도 가도 못하니
꽃 사랑에 꽃 눈 내리네

내 사랑꽃 사랑꽃이 지면
꽃 사랑 어떻게 하려고
슬픈 이별은 싫어요

꽃 마음 심어

파란 잎 다섯 층층 잎 만들어
꽃대 감싸고 둥글게
겹겹이 아름답게 차례 기다려 피네
꽃잎 다섯 겹 잎 다섯 오오 스물다섯
꽃 피네!

꽃잎으로 단장한 금관 쓴 여왕 꽃
꽃동산의 향기 속에 찬란히 빛나며
예쁘게 십일홍 넘어서 피네
피고 또 피네!

스물다섯 정열의 꽃
환한 장미꽃 웃음
보고 또 보아
꽃술에 취해 오도 가도 못하네!

꽃 속의 꽃 아름다운 꽃
마음속에 꽃 마음 심어 가야지

노랑 편지

빗소리에도
해바라기가 빵긋댄다

노란색 분을 진하게 바르고서
긴 목에 희끗 반긴다

노랑 편지 전해 주고
여름날에
세레나데를 부르잔다

세월은 가도
사랑은 영원히
남아 있을 거라고…

노랑 편지가 비에 젖어도
얼굴에 노랑 분 계속 흘러도
해님을 기다린다

긴 목이 휘어져도
노랑 머리 하얀 얼굴 검게 타도
해님을 기다린다

기다리다 지쳐도
노랑 편지 받고 오신 임을
노랑 머리 검게 탄 얼굴로 반기련다

아기 하나 둘 셋

민들레꽃 하얀 꽃 노랑 꽃
길섶에 피어 발길에 걷디면서
씨 이으려고
바람 부는 날 흰 솜덩이 되어
정처 없이 날아가 싶는구나

뻐꾹새 뻐꾹 뻐꾹 슬피 울어 대어
멍청한 새 머리라 했더니
남의 집에 알 낳아 놓고
지 새끼와 통하는 사랑 새소리
씨 만드는데, 나쁜 새 머리가 있었네

씨 이으려는 마음은
꽃이나 새나 머리를 넘어섰구나

천상만물이 살아남는 몸부림
자연 속에서 자연스레 있었네

원앙 잉꼬 금슬, 지 새끼를 낳아
서로 통할 수 있는 하나 둘 셋이
자연 속에서 보인다

만물의 영장 백의 민족 이어 가는 길
아기 하나 둘 셋
하나는 좋아서, 둘은 행복, 셋은 든든하다

부부 행복, 아기 사랑, 손주는 꽃
역사는 씨, 피는 흐른다

둘이서

꽃은 향기 풍기며 피었는데
벌 나비 아직 날지 않아
보금자리 없이
꽃은 피었는데 씨가 없구나

벌 나비는 날지 못하니
꽃향기 눈물지으며 시들고
씨는 눈물짓는다

나 홀로 단풍잎 되어
혼 밥 불을 태우고
찬바람 불어 대니 낙엽 되어
벌벌 떠는 앙상한 가지 되어
또 봄을 기다릴 수 있을까

둘이서
봄이 왔어요
이 세상에서
귀한 두 분이 주신 열매
소중히 간직하여
봄에 꽃 피고 가을에 열매 맺어
꽃이든 벌 나비든
열려라 열매야 셋이든 둘이든
숙명으로 생각하고
소중한 정성으로 키우며

가족 동산에서
평생 행복 누리며 오손도손 살리

연분홍 눈빛 사랑

사랑스러운 봄바람 불어
아름다운 꽃송이 모여
연분홍 피어난 꽃동산

꽃잎에 눈부시어
향기에 취하여
입맞춤 없는 눈의 환희

예뻐요. 사랑했어요
눈물 한 번 흘렸더니
백설 공주님 떠난 임아

곱기도 고운 임아
목단꽃 동백꽃 피면 어쩌려고
일 년을 기다리라니
애정스러운 사랑 눈만 남기네!

눈빛 사랑

눈에 꽃 피네
생각나 피네

느낌이 오는 꽃
스처 간 참사랑

지난 길에 피는
향기 나는 꽃
눈으로 바라봐요

꽃을 꺾으면
임이 울어 대니
눈빛 사랑해요

임의 사랑은 영원
눈빛 사랑은 마음
향기 꽃 사랑해요

텃밭에 피는 꽃

매서운 추운 겨울
날개를 접었으니
벌벌 떨며 날지 마라

꽃이 피는 봄이 오며
산과 들에 피는 꽃은
꽃향기 풍기지 마라

벌 나비는
향기에 취해 환희 죽고
밭에 피는 꽃은 서글퍼지니

텃밭에는
꽃향기 알차게 짙어지며
방긋방긋 피고 지고
씨 심으며
열매 열린다

빛과 동

동트는 해오름 청명날
햇살이 스며들어
아침이 상쾌하다

낮 동안 동(動)흐르니
스르르 잠들어
아침이 상쾌하다

비오고 바람 부는 날
쉬어 가는

자연 속의 나의 몸
빛과 동으로 살리

자존감

예쁜 꽃이 피었습니다
옆에 더 예쁜 꽃들이 보입니다
예쁜 꽃은
이 꽃 저 꽃 보니 늘 슬퍼집니다

벌판의 큰 나무는
허망 속에 보입니다
숲속의 나무들은
자연의 향기가 납니다

무슨 꽃인가? 무슨 나무인가?

한 송이 꽃
큰 나무는
자존심으로 사는데

꽃밭의 향기 꽃
숲속의 향기 나무들
자존감으로 살아요!

나를 사랑하는
마음속의 자존감은
나를 존중하는 자긍심으로
세상은 늘 행복합니다

싶은데

아빠 엄마 보고 싶은데
지가 할아버지라네

손주랑 보고 싶은데
늘 바쁘다네!

친구와 한잔 하고 싶은데
누구 눈치 보는 나이라네

단풍잎
아름답게 물들이고 싶은데

지나 버린 뒤
흘러가는 구름처럼
생각뿐이구나!

어린 시절 가고 싶은데
나이테는 지울 수 없네

첫사랑 보고 싶은데
내 모습이 보이지 않네!

노을빛
찬란하게 물들이고 싶은데

달 없는 밤
반짝이는 별빛처럼
마음뿐이구나!

부부

조그만 연못에
두 마리 두루미

눈에 보이고
소리 들리는
거리를 유지하는데

다정스러운데
싸운 적 있을까?

나이 들어갈수록
음양이 뒤엉키어 가고

벌통을 건들리며
벌침 맞는다

소크라테스 생각하며

같이 사는 부부
행복 오간다

고운 말

보슬비 내려
촉촉한 푸른 잎

장대비 내려
상처 난 갈색 잎

물은 물인데
물이 아니구나

말은 말인데
따사한 고운 말
푸른 희망을 준다

동구랑

참꽃 먹고 분홍 연지 칠하고
삐비 먹고 껌 씹었던
추억의 이야기꽃 심어 두고

동구랑 나와
한세상 살아가는데

긴 사각 속에서
고생하고 다투고 의절하고

삼각의 삶
날카로운 아픔 속의 인생

한세상 흘러가네

밤하늘 반짝이는 별을 보니
서글픈 눈물이 흐르는구나
보고 싶은 동구랑 임이여

동구랑 삶으로 가고 싶어도
비어 버린 산천은 말이 없네

둘레 꽃 인생

높고 낮은
정상만 오르고 내리며
욕망으로 살았는데

올라가도 내려와도
끝은 없더라

정상에서 내려오는 슬픔은
성취보다
공허하고 허탈의 빈 마음
욕망이 가득하더라

뒤풀이 산책길
둘레길 걸으니
여백의 아름다움에 젖어
인생초 여유로운 새싹
오순도순 가슴에 꽃 피어나네

돌고 도는 세상에
행복 꽃 피고 피는
둘레 꽃 인생 살리

양과 음

해와 달은 어둠을 밝혀도
꽃향기에 벌 나비 날아들어
음양은 늘 서로 당긴다

연단 위의 벌 나비는 박수와 환호 속에 최고가 되어
환희의 맛에 도취되어 제자리에 내려와
공허하고 허탈한 빈 마음을 채우는 욕망의 불꽃이 춤을 추며
음의 향기에 제어할 수 없는 양, 가는 길을 잃으니

양과 음 당기는 섭리의 원동력에
인간이 갖는 도덕과 윤리는 잠들며
환희 속에 벌 나비는 죽어 사라진다

음이 당기는 향기에
지울 수 없는 선을 그으며

꽃의 기다림
피지 못할 향기 되어
열매는 열지 않는다

만 보 길

명령에 죽고 사는 인생길
운 좋게
마음대로 사는 길 왔는데

오늘은 어디로 갈까
임자 없는 꽃 보며
신발 닳은 길 가네

마음속 친구들 많은데
오라는 길은 없어
또 만 보 길 가네!

지근거리에서 멀어진 친구들
서로서로 약속이 있어야
추억의 인생길 갈 수 있는데

세월은 자꾸만 흘러가네

오늘도 내일도
임자 없는 빈 마음
만 보 길 걷는 인생길 가네!

듣고 싶은 말

적송이 아름다워
보는 눈이 감탄하니
절로 숨을 들이마시네

행복하다

꽃 보듯이 보는 눈
해맑은 미소
좋은 인상이 되는 얼굴들

만나고 싶다

노송이 생각하는 말은
바른말보다는 들고 싶은 말

아름답다
기분 좋은 말인가

생각은 다르지만
사랑은 숨 쉬는 곳에

보고 들으며 말하며
물 흐르듯이
더불어 산다

고뇌의 치우

세상사
기쁜 일 슬픈 일 오고가는데

기쁜 일은 구름 같고
슬픈 일은 파도 같아

불안 초조 미움 분노 공포
근심 걱정 서러움을
망각의 지우개로 지우고
슬픈 눈물 흙에 적시며
'동, 동'2 활동 속에
욕망의 사각에서 벗어나

새 샘물 받아
푸른 마음으로
건강하게 살아가세

---

2 동東, 동動.

흐르는 좋은 생각

희망이 흐르는 파란 하늘을
먹구름이 가리어 비가 내리고
땅에 적시니 샘물이 흐른다

비가 멈추니
파란 하늘과 호수에
칠색 무지개 그려
상큼하게 아름답구나

좋은 생각 희망의 얼굴에
눈물이 가리어 우울해지고
차가운 쓴 슬픔이 쌓이어
사각의 벽에 나를 가두니
모든 생각이 멈추며
보이는 호수는 얼어 차갑고
흐르는 강물은 보이지 않는다

눈물을 땅에 적시고 하늘을 보니
슬픔은 구름처럼 사라지고
칠색 무지개 고와 보인다

흐르는 좋은 생각
파란 마음 무지개 색으로
물 흐르듯 살아요

소래 기행

오월 오색 꽃잎 빛 받아
오이도와 소래에 왔는데
오육 가족 오늘 즐거운 날
오이도와 소래에서
오라는 곳 많은데
오늘은 소래 시장에 갔어요

살아 숨 쉬는 바다 향기
골라, 골라 먹고

바다 구경 시장 거리
생사가 오고가는데
살아 있어야 제값이네

푸른 바다는 흙이 먹어
갯벌 골목 수로길만 있네!

어물 공판장
큰 소리 작은 소리 뒤엉키어
팔고 사도
좁은 시장 길도 슬슬 가네

둑길 파란 바다와 등대 보려
기약 없지만 오이도 가야지

무상(無常)

앙상한 가지 흰 꽃 피어
무성한 잎 몸통 감추며
열매 주렁주렁 열리더니
하나둘 떨어지고
다 떨어져 버렸네

앙상한 가지만 남아
까치집 외롭게 비어
숨길 곳 없이
속 모습 드러내네

왕벚꽃 바람에 날리고
큰 나무 태풍에 넘어져
꽃피던 재능 벌벌 떠네

모든 영광이 영 되었네

행동했던 지난날들
앙상한 가지에 빈 까치집
숨길 곳 없네

새봄에는
무성한 잎, 열매보다는
상록수처럼 살고 싶어라

재능

꽃이 피는 것은
씨 향한 길

아름답고 향기로운 것은
씨 위한 사랑의 만남
빨강 보라 색색이 다른 꽃 피네

꽃 피듯이
세 살 아이가
웃음꽃 피듯 얄밉게 자라는 새싹
소중한 다름으로 키우면

이어지는 것은
신비로운 길

재능의 꽃씨를 심는 것은
아름다운 꽃이 피는 길

생각, 마음, 행동에
자라는 꽃 피워

귀중히 열리는
재능 꽃씨를 심자

성찰의 길

파란 새싹 피어나고
꽃 피고 열매 열어
주렁주렁 무거운 짐 지더니
울긋불긋 단풍잎 되어
고귀하게 아름다워지더니
때가 되어 내리는
낙엽으로 떨어진다

앙상한 가지는
고난의 길 들어서고

높은 화려한 것들은
아래 아래로 내려가

뿌리에서
때를 기다린다

빛과 음

동트는 해오름 청명날
햇살이 스며들어
아침이 상쾌하다

낮 동안 동(動)흐르니
스르르 잠들어
아침이 상쾌하다

비오고 바람 불 때는
쉬어 가는 날

자연 속의 나의 몸
빛과 동으로 살리

중천에 햇빛이 밝은 날
햇빛이 차단되어
밤낮이 없는 음지

낮 동안 '쉼'이 없어
눈감고 떨어져
새벽에 일어나고

아프고 입원할 때는
쉬어 가는 날

음지 속의 나의 몸
빛과 쉼을 찾으리

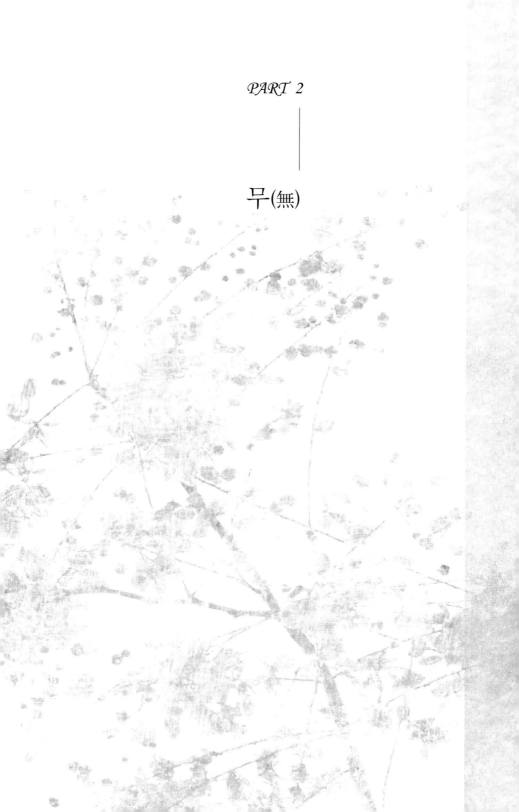

PART 2

무(無)

텃밭

칠보산 끝자락에 자리 잡은 터
수원의 무공해 둘레길 텃밭

보리밭 코스모스 연꽃 그림 그리고
그 사이 길에
열 평 텃밭이 길게 줄 서서
푸른색 칠하기 시작하는데
고추, 가지, 여주 열리고
토마토 참외 수박 익어 가는데
감자, 고구마, 금잔화 꽃향기 날린다

칠 냄새 없는 무공해 유기농 그림에
벌 나비 입 맞추고 고추잠자리 날아든다

자연스러운 통나무 정자 쉼터에서
추억을 그리며 파란 희망을 심는다

내 마음속에도 텃밭 만들어
서로서로 나눔 이루리라

생각

생각이 너무 많아
뇌리는
쉬는 시간이 쉬는 날이 없는데

그저 그렇게
멍하니 멍청하게
멍 때리며 사는 길 없는가

날아가는 새는 무슨 생각!
서 있는 소는 멍한 것 같은데

꿈속의 생각은
절벽에서 떨어지고 물난리 나고
울고불고 슬퍼 울고
돼지꿈 꾸고 보물선 타고
웃고 기쁘고 횡재 만나고
악몽에 시달려도
깨어나면
모두 다 꿈

생각이 많으며 근심도 많은데
근심 속에 살 것인가

좋은 생각은 시의 샘
생각이 쉬는 것은 시
쉼 속에서 행복하세

세상살이

꽃은 피고 지듯
행복은 자기 스스로인 것
복은 검소하며 오고
덕은 겸손하며 쌓인다

지혜와 총명은
혼자 있는 정자나무처럼
고요한 시간에 떠오른다

욕심은 망한다
근심은 탐욕에서
재앙은 물욕에서
허물은 경망에서 다 온다

대나무도 바람에 휘어지듯
죄는 참지 못함에서 생긴다

건강은 삶의 기본에서 오는데
귀는 사랑을 듣고
눈은 아름다움을 보고
입은 고운 말을 하고
문을 잘 관리하여야 한다
친구는
어질고 덕 있는 이를 가까이 하라

슬기로운 삶은 가까이에 있는 것
인생은
행복을 만들며 살아가는 길

쌈닭

너 깃털 들고 쌍발 들고
엄동설한에 왜 싸우고 있니
길거리에서 왜 싸우고 있니
장 닭 위해 왜 싸우고 있니

닭 싸움판에
개가 짓고
소가 웃는다

싸우다 보니
유정 알씨가 마르니
끝이 보인다

세월 속에
깃털마저 빠지니
새 싹이 보인다

민들레꽃 피는 날
기다린다

향기 있는 삶

꽃 사랑 만나
나비 셋 날고 있는데
두 송이 향기 있는 꽃 피었네

꽃 속에 두 사랑 꽃망울이
한마음 푸른 슬기로
두 송이 예쁘게 피었네!

하늘에 찬바람이 매서워도
햇살의 따사한 빛은
아침을 연다

아름다운 빛 빛나며
따사한 빛 스며들어
정든 웃음꽃 속에
푸른 사랑 꽃 핀다

우리 넷 다섯은
힘찬 웅비 달고
향기 있는 꽃 핀다

정유년에는
통찰력이 뛰어난
향기 있는 삶 기원한다

빛

수평선에 떠오른 찬란한 금빛
물결은 푸른 빛 아롱아롱 은빛
자연 빛
황혼이 그려지며 아름답구나

노을 진 자연 속의 황혼을
어둠의 새 빛으로 색칠하여
밤의 빛이 빛나기 시작하는데

어둠 속의 빛은 고요히
예쁜 은은한 달빛
반짝반짝 수그린 별빛
밤하늘이 내리는 아름다운 빛

스치는 빛은
밤하늘 나르는 수그린 반딧불
자연의 너그러움을 그린다

지나며, 스며드는 빛은
창호지의 아침 햇살
따사한 느낌이 너무 깊구나!

자연 속의 빛
따사하고 고요한 영원한 셋 빛
삶의 불 빛
사랑으로 보이는 아름다운 눈 빛

자연 속의 빛 속에 사랑 빛으로 살리

여백의 감사

큰 별빛 은빛 받고
책받침 덕에 글씨가 좋아져
그 덕에 쑥쑥 큰 그늘 나무
등잔 밑 못 보고 막 살아
세월 속에 낙엽 되어 떨어지네

이제 물 빠진 낙엽은
고마운 감사의 싹이 터도
죄송한 마음 가득 차도
영영 멀어지네

책받침 고마운 줄 모르고 살며
아름다운 추억은 지워지고
무섭고 지독한 무덤 속에
깊은 우물 속에 빠져
외로움만 남을 뿐이다

양보한 책받침은 등잔 밑 벗어나
늘 푸른 나무 되어
향기 꽃 열매 주렁주렁 열리고
아름다운 '시'의 꽃 보며

여백의 쉼터에서
보람찬 나날 속에
등잔 밑 늘 생각하며
오늘을 감사할 뿐이다

낮술

술은 밤이 좋은데
낮술 마시는
서글픈 사연 속에
환장했을까, 원통했을까?

해님을 구름이 가려
비가 내리다
낮은 밤이 되어
술을 마신다

비가 멈추면 낮
어둠으로 슬픔이 지워지겠나
아픈 가슴이 술로 지워지겠나
슬픈 사연이 술로 지워지겠나

술이 술을 먹어도
근심 걱정 한 맺힌 충격 슬픔
원통하고 환장한 것들은
지워질 수 없네
물 먹고 먹어도
속이 아리고 타 들어가
슬픔보다 더 슬프다
지울 수 없으니
낮술은 눈물보다 더 서글프다

후회하면서
내일도 마시는 술
가슴만 멍들어 가네

술

술은
마시는 것

마음이 어진 사람은
술로 화합할 수 있고
술에 취하며 정과 사랑을 안다
하늘의 위치와 만물의 변화를 안다

어른에게 처음 술 배운 술꾼은
술이 들어가면
조금 멍청해지며 이야기꽃이 피고
양보와 아량의 슬기가 나오며
이해타산이 작아지고
시간을 잊는다

저 혼자서 처음 술 배운 속인은
술이 들어가면
쉿소리 목소리로 시비가 시작되어
다툼과 싸움판이 벌어져
흥을 돋우고 몸을 상하게 되어
후회만 남는다

술은 어른에게 배우는 최고의 맛
혼자 마시는 것 술이라 할 수 없다

군자의 술은
기를 기르고 마음을 상하게 하지만
도인의 술은
흥과 기를 함께하여 몸과 마음을 아름답게 한다.

말(言) 속의 독

생은행 한 아름도
반갑지 않아

알까기 안 해 본 나
피찬 받고 알 까다 큰코다치고
응급실에 달려가 웃음꽃 팔고 왔네

서너 시간
맨손으로 알까기 했는데
빨개지고 따끔하며 아프더라

어릴 적에 쐬기에 물리고
옻나무 독 올라
혼나고 고생 많이 했는데
망각 속에 있었는지
슬프다
어른이 되어 물정 없이 당했구나
나의 알까기 독이 되어 왔구나

고운 말 안하며 독
산들에도 독은 가까이 있어
말 속에도 산속에도 독은 언제나 있다

말 속의 독은 목숨이 왔다갔다
자연 속의 독은 사경으로 가는데

독으로
운 없는 날 안 되기를 바랄 뿐이다

벽

울타리 위로 올라
주렁주렁 열린 열매
남겨 두어 까치에게 남긴다

빈 마음 앙상한 가지
길에서 볼 수 있도록
눈길 머무는 벽에 그림자 그림 그려
여백의 그림 여유롭다

쳐다보는 하늘에는 벽은 없고
높고 낮음은 있는데
눈앞에는 벽이 보인다

집안의 벽, 층간의 벽
배움의 벽, 사고의 벽
휴전선의 벽
수많은 수직적 벽은 많아지는데
소통은 없고 더불어 사는 세상은 멀어
벽만 남는다

울타리의 벽을 허무는 것은
내가 있어야 네가 있는 것이 아니고
네가 있어야 내가 있는 것

더불어 사는 세상
소통 없는
벽을 이제 만들지 말자

세상

빛
반은 어둠 속 해
늘 변하는 달
어둠과 친하는 별

빛과 그림자
해 구름 비
땅이 기다리는 비
시원하고 무서운 바람
보이고 안 보이는 바람

흙
아래서부터
없으면 안 되는 흔한 흙
아래가 보이기 시작하는 곳

자연 그 덕에
나
가족
친구
우리가 있어요

세상
이제 많이 보이는가요
세상의 모든 것은
흙으로 간다

사 색 당파

파란 하늘 푸른 바다
아름다운 강산에
빨강 노랑 꽃 아름답게 피었네
빨강 주황, 노랑 초록은
동색인가
친 색인가
비 색인가
사 색
자기 색만 예쁘고 아름답다 하네
강변만 하는 나쁜 색들

당근 심고 파 심었는데
'당'근밭에
'파' 냄새만 진동하네

흙(土)이 없으며
당근 심고 파 심을까
친하다고 사나
비 내려야 산다

빨 주 노 초 사색
어울림 속에
예쁜 아름다운 꽃 피어

좋은 열매 씨 만들어
친하게 비와 같이 살아보세

층(層)

수평면에 기둥 하나와 수많은 가지
푸른 잎 여백 속에 둥근 봉우리 만들고
꽃은 피어
위 보고 아래 보고 그림을 그린다

수평과 수직을 뛰어넘는
층이 없는 조화가 이루어지고
찬바람에 낙엽 되어 휘날리니
빈 마음의 쉼으로 간다

수평면에 수많은 수직을 세워 층이 생기고
층과 층이 충돌하여 분노가 폭발하여
바닥 천장 위아래가 쪼개진다

수평면에 움직이는 것이 있어
면과 층에 수많이 모이는데
광풍 불어 면과 층이 깨진다

사람과 사람 사이에
악의 분노가 폭발
싸우고 싸우다 수직의 벽이 생긴다

수평과 수직의 층이
소통이 되면
사랑으로 흘러
더불어 사는 소통으로
층이 무너진다

인생은 여유

밤에 뜬 달이
낮인데 희미하게 있어요

늦어서요
하루가 바쁘다
파란불 보는 순간
탕 탕 쾅
반 박자
일 초만 늦었어도

애타고 아쉬운 마음
후회
다툼의 시작

십 분의 여유
하루가 즐겁다

파란불 1초
양보에 1초
아직도 5분

시간의 여유
마음의 여백

인생은 여유
행복의 시간을 낳는다

떠오름

나 낳은 신님
하늘 길 가시고

후회의 쓸쓸함
달과 별 아름다움 속에
떠오름을 빈다

해 오름 찬란한 빛
떠오름
새 아침이 온다

떠오름
힘찬 고독
아름답게 핀 꽃

고독의 행복은
떠오름에 있다

연꽃 사랑

빗방울이
연잎 위에 내린다

하늘 향한 푸른 우산 위에서
바람이 친구 되어
은구슬을 구르며
동구랑 춤을 춘다

빨강 웃음 노랑 웃음 하얀 웃음
빗속에서도 꽃이 피어
따라 춤춘다

물을 우산으로 감추고
내리는 빗물은 은방울을 만들며
꽃 웃음으로 사랑만 하려 한다

꽃 사랑 앞에
물은 악하지도 진하지도 않는구나

진한
사랑은 감추어져야

세월은 흙

높은 곳의 흐르는 물은 왜 이리 빠른지
낮은 곳의 흐르는 물은 왜 이리 늦은지
물놀이 하는 낙엽이 하는 말

높은 곳은 시야가 넓고 멀리 보여도
안개가 끼며 낮은 곳만 못하고
낮은 곳은 있는 그대로 보여
손금 보듯이 선명하나
우물 안 개구리가 될 수 있다

민심은 천심
훔쳐보는 것 호기심
훔쳐보지 않는 이 없는데
떨어지는 낙엽처럼 가는 것이 세월이다

나 아니면 또 하는 이 있고
둘이 되면 셋이 오는데
오늘은 오늘뿐인데
내일은 있다

세월 따라 바람 따라
아름다운 잎 단풍잎 되고

낙엽이 되면
높은 곳에서 아래로
흘러 흘러 바람 따라
흙과 만난다

살아 숨 쉬는 흙

당수동 푸른빛 텃밭은 자연
수원의 자연 속으로 와 보니

땅속에 지렁이 꿈틀거리며 밭갈이 하고
그 땅 위에는
푸른 잎 위에 사마귀 칼 드니 여치는 뛰고
귀뚜라미 사랑 소리에 무당벌레 움직임 멈춘다
꽃이 피어 벌 나비 날아들어 사랑 입 맞추고
파랑 빨강 노랑 열매 주렁주렁 열려 입이 열린다

해님은 웃고 달님은 미소 짓는
고추잠자리 축하 비행하는 지당

자연 속의 무공해 유기농 텃밭에는
살아 숨 쉬는 흙 속에서 서로 살아간다

이제 내 가슴속에
빈 텃밭을 심어 색칠하겠어요

빈 마음

흐르는 물소리
내 마음도 흐른다

푸른 잎이 단풍 옷 갈아입고
기다리다
낙엽이 되어 내리니

아래
운 좋게 물 위에 띄웠으니
긴 여행
물 따라
바람 따라 가는구나

물의 정원에 오니

수평선 위에 한 점이 되어

빈 마음이 흐르고

수평선 허공에 고독이 흐르니

나 혼자뿐이구나

군불

군불은 불길이 되어
어둠 속에서
벽을 넘어서
아래에서 위까지
따스함을 나눈다

쉬지 않고
아래에서 벽을 넘어서
따스함이 약해져도
그저
나누어 준다

굴뚝에서도
바람의 방향을 남기며
저 하늘로 사라지고
군불 덕에 추운 겨울은 간다

굴뚝 높이에서
바라보는 적송나무도
보기는 아름다운데
비바람 풍파에 휘어져
자연의 고통 속에
아름다운 자태를 남긴다

아래서부터 시작하는
나눔
휘어지는 고통이 있어도
아래에서 벽을 넘는다

아름다운 고민

뇌리에 스치는 아름다운 풍경
구름처럼 흘러가고
뇌리에 잠기는 슬픈 걱정
호수에 가두어 두네

머릿속에 가득한 가시 풀들
가두어 두고 나가지 못하고
억장이 무너지는 슬픔이 울린다

슬픈 사연 지우기 위해
헛된 생각을
강물 위에 흘려보내고

아름다운 고민 만들어
새로운 맑은 물을 받아
천천히 지워 가리라

내 눈과 귀에
정신에
마음에

흘러가는 구름처럼
여백의 그림을 그려
강물 위에 흘려보내리라

고독

고요한 곳에
독야청청(獨也青青)
잎 많은 정자 나무
마을 사람들을
만나고 또 만나고

그러나 어둠이 짙어지면
늘 혼자다

고요히
수많은 잎 만들며
고독을 즐긴다

혼자 있는
고독의 시간에
시원한 그늘을 만들고

고독 속에
떠오름이 아름다워
행복의 시간이 흐른다

꿀과 돈

쉼 없이 일하는 벌
달콤한 사랑에 빠져
꿀만 모으나
가져가는 이 있어
설탕물 먹고 사네

돈을 위한 일하는 이
씨앗 사랑에 빠져
돈만 모으나
가져가는 이 있어
독술만 먹고 사네

다섯 손가락 넘어서니
뿌리 사랑에 빠져
손주만 보니
여섯 손가락 넘어
내 몸이 망가지고

꿀과 돈 좋으나
자식 손주 좋으나

이제
네 손가락 남았으니
추억의 향수에 젖어
오늘을 위해
나를 위한 노래 부르자

순수한 마음

"항상 착하게 대해 주셔서 감사합니다
존경합니다
앞으로 열심히 하겠습니다"

초교 삼 학년 여학생
스승의 날 편지입니다

착하게 하는 것은
빈 마음에서는
쉽습니다

고운 말 부드러운 말은
미소에서 그저 오고
소리 없이 스며듭니다

친구에게는
사이좋게 행동하며
늘
좋습니다

어린이가
어른이 되는 데
스승과 친구가 기초입니다

소외되는
어둠이 시작되지 않도록
아름다운 관심의 사랑이 필요합니다

붉은 열매

춘삼월 산천에
진달래 개나리 만개
봄소식 전하는데

꽃밭에서
앙상한 가지 잠들어 있더니

유월 목단꽃 보고
큰 잎 많이 만들어
진초록 둥근 아기 감싸고

긴긴 시간
해님과 친해지더니
아름다운 붉은 열매
주렁주렁 열렸네

자연 속에는
다 다른 잎과 색 열매
때와 시기 있었네
기다림이 있었네!

까치에게 주고
긴 쉼으로 가는 길
앙상한 가지만 남는다

기다림
'무'와 '유'의 철학을 본다

새 설

설레며 기다리는 설날
지난해 슬픔 다 지워 버리고
새해 새 희망 오는 날

고향 향수 잠기고
부모님 생각 한 걸음
살아생전 모르더니
추억 속의 고향
아버지 어머니 얼굴이 없네

새해 시작하는 날
아름다운 빛과 향기 받아
웃음꽃 행운 실은 배 출항한다

설 떠오르며
고향 산천이 스쳐 지나가고
부모님 얼굴 스쳐 멈추는데

웃음 꽃 실은 새 배
행운 실어 간다

올해는
좋은 일 있으리라

한 풀어요

꽃은 피고 지고
변화무상한 자연 속에
세월은 흐른다

푸른 바다 쳐다보는
해변의 해송은
푸르게 늘 푸른데
변하는 것은
푸른 마음뿐이구나

시골
아낙네는 산천에 노래하고
남정네는 술 한잔에
한을 풀며 사는데

자연의 시인은
어린이 마음처럼
호기심으로 떠오름으로
영감의 시가 탄생하고

아낙네와 남정네는
구름 따라 세월 따라
향수 속에 제 멋으로
한을 풀며 산다

세월은 약
한 풀어요

오늘

해 오름이 어둠을 밝히는
오늘
오늘이 쌓여 세 살이 되고
세월 따라
강산 고개 다섯 넘었네

산이 있어 물이 내리고
산은 물을 품고
물은 산을 가르지 않는다

흘러가는 세월 속에
새싹이 푸르고 꽃 피더니…

갈기갈기 찢어진 낙엽 되어 떨어져도
엄동설한 새순 끈을 놓지 않고
봄을 기다린다!

오염되어 오는 실 끈
태우기 위해
모여 태우리라
손에 손으로 태우리라

오늘
젖은 내 가슴 속에
따사한 햇살이 스며들어
선한 선 끈 기다린다

오늘도 물처럼 흘러가는구나

지나가는 것

세상사
서로 좋다가도 싫어지는 것

겨울에는 햇빛이 그립고
여름에는 그늘이 시원하듯이

흐름에는
단풍과 흑싸리 없다더라!

꽃은 피고 지고
푸른 잎 단풍 되는
자연의 흐름 속에
동백꽃은 피고 지고 시들지만
푸른 잎은 변함없구나

인생사
변하지 않는 것은
푸른 마음뿐인데

하늘은 반짝이는 세월 없는 세상
고요하고 은은하여
숙연해지는데

빈 마음 속에
고요하고 은은한 여유가 생긴다

PART 3

섬

섬

사방이 바다로 둘러 있어
섬의 어디를 가도 파란 물결이
춤추는 섬

섬 산 위에 오르니
수평선 사이로 천사의 섬들이
하나둘씩 사방으로 보인다

잔잔한 푸른 물결이
섬 바위에 가까이 오면서
하얀 물결 파도 흰 꽃 피는데
갯벌에 햇빛 주던 물결 다시 오네

갯벌에 가며
짱뚱어 멀리뛰기하고
꽃게 서렁게 갈게 춤추며
생동감이 넘쳐흐른다

갯바위에 가며
파래가 춤추고
고둥들이 모여 사랑하는데
바닷새들이 구경한다

아름답고 깨끗한 섬 바다
숨 쉬는 자연의 터

신이
자연을 통해 주신 큰 선물
섬은 자연스럽다

천사의 섬

새 신
신고 오는 길
안녕

1004의 섬
하늘 천 사랑이 샘솟는
바다 섬 하늘이 다 보이는 곳

푸른 물결 잔잔히 수평선 만들고
흰 물결 치며 갈매기 날아든다
섬 그림자 띄우니 가슴이 확 트이며
아름다움이 스며들고

뭉게구름 세월 따라 흐르니
햇살도 아롱아롱 빛나며
빨강 노랑 갈색 옷 갈아입힌다

유자꽃 피고 무화과꽃 감추는
자연 속의 아름다운 보물섬

바다에 아름다움 수놓은
찬란한 황혼의 노을 금빛이
수평선 너머 지는데…
반짝반짝 샛별이 해님 보내 드리니
은하수 북두칠성 별들의 세상
달님도 방긋방긋 웃는다

너와 나의 평온한 향기의 쉼터
무궁무진한 아름다움이 싸인 섬
천사의 섬 살리

섬 천사

새 신 신고 오는 길
바다 길안 신안 섬 천사

하늘 천 사랑이 샘솟는
하늘, 바다, 섬 다 품은 신안
푸른 물결 수평선 만들고
흰 물결 치니 갈매기 날아든다

섬 그림자 띄우니
아름다운 두 모습 그림 그리고
뭉게구름 세월 따라 흐르니
햇살도 아롱아롱 빛나며 저무는데
노을은 황홀하고 아름답다

유자꽃 피고 무화과 열리는
자연 속의 아름다운 보물섬
찬란한 황혼 노을 금빛 수평선 너머 지는데
반짝반짝 샛별이 해님 보내 드리니
은하수 북두칠성 별들의 세상
달님도 방긋방긋 웃는다

너와 나의 평온한 향기의 쉼터
눈빛은 사랑 빛이 되어
사랑이 손잡는다

금빛 은빛 사랑 빛 빛나는
자연 속 천상의 섬 천사
섬 사랑이 보인다

목포는 아름다워 1

목포항 끼고 도는
바다 위 구름다리 하늘 길
그 풍광 늘 아름답구나

유달산 바라보니
일등바위 노적봉 천만년 나라 지키는데
그 모습 대한의 팔경이라네

고아 섬
새소리 바람 소리 긴 병풍에 아롱아롱 새겨져
보는 이 듣는 이 마음을 즐겁게 반긴다

저 멀리 신이 내린
천사의 섬들이 하나둘 보이기 시작하는데
내 마음이 절로 흐르는 섬
뱃고동 소리 은은히 들리고
흰 물결 춤추니 갈매기 날아든다

예향의 목포
바다 풍경에 행복이 젖어드는

아름다운 목포
항구는 목포다

목포는 아름다워 2

영산강 흐른 물이
삼학도 바닷물을 만나는
그 풍경은 늘 출렁이고나

춤추는 바다 분수, 천연 기념물 갓바위
쉼 없이 바다 지키는데
그 모습 목포의 명물이라네

바닷속
숭어들 세발낙지 긴 갯벌에
영원토록 살아서
오는 이 입맛을 돋우며 반긴다

가까이 남농 기념관
그림 수석 자기 목물 향토문화에 넋을 잃는데
유달산 기슬 조각공원에
뱃고동 소리 붕붕 들리고
흰 물결 춤추니 갈매기 모여 든다

예향의 목포
바다 풍경에 행복이 젖어 드는
아름다운 목포
항구는 목포다

자연이 준 선물
간직하는 마음 살아 숨 쉰다

목포는 아름다워 3

목포항 밤하늘
유달산 달빛 별빛 빛나고
그 야경 늘 비경이구나

유달산 능선 불빛에 구름다리 가로등
목포 항구 밝게 비추는데
그 불빛 찬란하구나

삼학도
세 마리 아름다운 학 기다림
옛 추억에 잠기며
오는 이 마음을 향수에 젖어 반긴다

노랫말 흘러내린
목포의 눈물 목포는 항구다 목포는 아름다워

밤 하늘 아래 갓바위
뱃고동 소리 고요히 잠들고
흰 물결 잔잔하니 갈매기 날아간다

예향의 목포
춤추는 바다 풍경에
행복이 젖어 드는

아름다운 목포
항구는 목포다

아름다운 목포 1

목포항 끼고 도는
바다 위 구름다리 하늘 길
그 풍광 늘 찬란하구나

유달산
일등바위와 노적봉
천년만년 나라 지키는 모습
대한의 팔경이라네

고아 섬
새소리 바람 소리 긴 병풍에
아롱아롱 새겨져
오는 이 즐겁게 반긴다

저 멀리 신이 내린
천사의 섬들이 하나둘씩 보이는데

내 마음도 절로 흐르는 바다
뱃고동 소리 은은히 들리고
하얀 물결은 꽃 줄 만들며 춤추는데
갈매기 날아든다

예향의 목포
바다 풍경에 행복이 젖어 드는

아름다운 찬란한 목포
바닷길 여는 항구
항구는 목포다

아름다운 목포 2

영산강 흐르는 강물이
바닷물 만나는 삼학도
그 풍경 늘 출렁이고나

춤추는 오색 바다 분수
천연기념물 갓바위
쉴 새 없는 바다 지킴이
그 모습 목포의 명물이라네

바닷속 숭어 떼 갯벌에 세발낙지
영원토록 살아서
오는 이 입맛을 돋우며 반긴다

남농 기념
그림 수석 자기 목물 향토문화에 넋을 잃고
유달산 기슬 조각공원에 뱃고동 소리 들리고
흰 물결 춤추니 갈매기 모여 든다

예향의 목포
바다 풍경에 행복이 젖어 드는
영원토록 아름다운 목포
바닷길 여는 항구는 목포다

목포항 밤하늘은
달빛 별빛 등대 빛 아래
유달산 야경 늘 비경이구나

아름다운 목포 3

달빛 아래
유달산 능선 불빛 구름다리 가로등 불빛

아름다운 밤빛 아래
사랑하며 보이는 사랑 빛
눈을 가린다

삼학도
세 마리 아름다운 학
기다림에 옛 추억이 잠기며
오는 이 마음속 향수 젖어 반긴다

노랫말이 흘러내린
목포의 눈물
애수가 흐르는 목포는 항구
아름다움이 찬란하구나

밤하늘 아래 갓바위
뱃고동소리 고요히 스며들고
흰 물결 잔잔하니 갈매기 날아간다

예향의 목포
바다 풍경에 행복이 젖어 드는
아름다운 목포
항구는 목포다

바다 정원

오목조목한 파도가 춤추는 섬
오색 바다 다도해
둥굴레빛 은빛 금빛 찬란히 빛나는 바다
물 회오리 돌아 흰 물결 꽃피며 춤추는 섬
뱃고동 소리에 갈색 갈매기 날아든다

파란 하늘에 뭉게구름
푸른 바닷물 출렁출렁
신비의 빛과 색이 어울린다

하늘과 바다
해송이 힘차게 푸르며 아름다운 모습
해풍 친구하며 뿌리 내리더니
여백 만들어
햇빛 나누어 주고 들꽃들과 이야기하며
긴 시간 휘감으며 힘들게 그린
예쁜 동양화 자연 분재 아름답기 끝이 없구나

향기 있는 늘 푸른 소나무야
찬바람 불어도 푸름 주려고
갈색 철갑옷 입었구나

바다와 대지에 그린 그림
긴 세월 영원히 아름다워
눈이 부시며 상쾌함이 가슴에 스며든다

바다 정원에서 큰 호흡으로
나를 씻고 마음을 다스린다

시원 바람

섬 섬 섬
물이 반달처럼 둥글게 둘러 흐른다
푸른 물결 출렁출렁
시원하다

검은 실모래 위에
물이 쉼 없이 왔다갔다
시원한 바람 만들어
모래 위 첫길 맨발이 시원하다

수평선 저 너머서
바닷바람 불어와
해송 그늘 속에서
수평 바람 스며들어
시원하다

대한에도
하얀 물결 바람
꽃바람 불어와
시원한 정 바람 불어와

우리 가슴에
시원 바람 불어라!

물결 안은 섬

사방이 바다
섬의 어디를 가도 푸른 물결
파도가 춤추는 섬

섬 산에 오르니
수평선 사이로 천사의 섬들이 보인다
푸른 물결이 바닷가에 가까이 오면서
하얀 물결 파도 꽃이 오는데

흐르는 물 다시 오지 않지만
바다의 물은 갯벌에 햇빛 주다
다시 오는 정든 물
하얀 파도 하얀 꽃 만들며 오고 또 오네!

갯벌에
짱뚱이 멀리뛰기하고
꽃게 서렁게 춤추는데
장단 맞추어 파래도 실바람 춤춘다

갯바위에
바닷새 구구구 사랑 놀이
고동은 바위틈 숨어 사랑
생동감이 넘쳐흐른다
밀물이 되니 모두 쉼터에 숨네

아름답고 청청한 섬 바다
축복의 땅
신이 자연을 통해 주신 큰 선물 받으리

시원!

숲속 길 들어서니
산들바람 시원한데
여치 도레미 귀 시원하다

산 정상에 올라서니
하늬바람 시원한데
아름다운 풍경 눈 시원하다

들꽃 피고 지는 옹달샘
물 한 모금 입 시원한데
물 마시니 온몸이 시원하다

빨강 하얀 코스모스 살랑
꽃향기 풍겨 코 시원한데
꽃밭에 적송 향기 시원하다

하늘 은하수꽃 반짝반짝
호수 연꽃 예쁜 꽃 피는데

금수강산에 힘찬 무궁화 꽃 피어
통치 정치 시원 바람 불어오리라

바다 정원

오목조목한 파도가 있는
오색 바다 다도해

둥굴레빛 은빛 금빛이
힘차고 아롱 찬란하게
빛나는 곳

물 회오리가 도는데
흰 물결이 춤춘다

뱃고동 소리에
갈색 갈매기 날아든다

파란 하늘에 뭉게구름
푸른 바닷물 출렁출렁
신비의 빛과 색이 어울린다

그 사이에
해송이 힘차게
검푸르며 아름답다

눈이 부시며
상쾌함이 가슴에 스며들고

큰 호흡으로
나를 씻고
마음을 다스린다

시원한 바람

해는 서산 위에 있는데
바람이 나네

먹구름이 뭉치더니
해는 눈을 감고
비가 내린다

바람이 불어
나뭇잎은 흔들흔들
시원하더니
먹구름 만나니
눈물 흘린다

해는 해 달은 달
구름과 비바람
해는
구름 비바람 이기지 못하네

시원한 바람이 불더니
슬픔은 가네. 눈물은 가네

자연 속에서
슬픈 눈물 닦는다

사랑 빛

물결 은은히 아롱아롱 은빛
수평선에 노을 진 찬란한 금빛
황혼이 그려지며 아름답구나

풍광의 그림을
어둠으로 색칠하여
밤의 빛이 빛나기 시작한다

어둠 속의 새 빛은 고요한데
반짝반짝 수그린 은은한 별빛
초승달 둥근 달 예쁘게 다른 달빛
밤하늘이 내리는 아름다운 빛 사랑

스며드는 빛은
창호지의 아침 햇살 빛은
행복한 느낌이 너무 깊구나!

스치는 빛은
먹구름 속 우르르 쾅 번갯빛
밤하늘 나르는 수그린 반딧불
깊은 반성과 너그러움을 그린다

자유로운 빛 속에
따사하고 고요한 영원한 두 빛
활활 타오르는 정열의 불빛
사랑으로 보이는 아름다운 눈빛

사랑 빛 속에 살리라!

파도

수평선에서

밀물에도 썰물에도
노을 진 바다에도
해 돋는 아침에도
파도는 흰 꽃 피어 난다

죽은 듯이 고요하다가도
바람을 만나며
하얀 꽃 만들며 파도 꽃 줄이 온다
어둠이 쌓이며 파도 소리만 들리다
임을 만나면
하얀 꽃 줄을 파도 꽃 줄이 보인다

밀물이 차니 고요하다
썰물이 되니
하얀 꽃 줄을 만들며 파도 꽃 줄이 온다
물은 가는데
파도는 온다

파도는 오는데
파도 소리는 들리는데
임의 목소리는 들리지 않는다

하늘에서
별들이 내린다
파도 소리에 적막이 울린다

평화로운 섬

여울 치는 바다 물결
소낙비에 싱그러워지고
흰 파도 위에 빗방울이 어울려
물방울이 춤추네!

사뿐 사뿐 사뿐
해변의 모래 길
천해의 해수욕장에서
하늘 보며 잠긴다

바다에 누워 보니
모랫길 따라
해송들이 숲 만들어
바다 그늘 만들었네!

그늘 바람 있는 숲속에 들어서서
해변 길 따라 해당화 피어 있네!

노랫말 따라 콧노래 흐르고
자연스러움이 스며 든다

삼천리금수강산에도
하늘 비 내려 무궁화 꽃 피어
자연스러운 평화 올 날 기원한다

아름다운 빛

따사한
물결 위에 빛나는 아롱아롱 은빛
수평선에 노을 진 아름다운 금빛

풍광 속 시간이 보이는 곳에
만나며 이별의 빛

고요한데
반짝반짝 빛나는 아름다운 별빛
초승달 그믐달 예쁘게 다른 달빛

북두칠성 은하수 수놓은 밤하늘
멀리서 서로서로 바라보는 사랑

빛은
따사하고 고요한 영원한 빛
활활 타오르는 정열의 불빛
사랑하며 보이는 아름다운 눈빛

오늘 보고 내일 또 보리라!

빛과 소리

아침 햇살이 창호지를 넘는데
종달종달 종달새 수직으로 오르고

빛과 소리
어울림이 수놓는다

종달새는
산과 들 바다를 보는지
시원한 바람을 부르는지
해님을 보려고 오르는지

해님이 눈부시게 웃으면
바람 끝이 따스해져
소리의 향연이 들린다

물 회오리 소리 춤추니
바닷새들의 노래 소리
빛 따라 아름답게 들리고
찬란한 빛이 멀리 장단 치니
바다 위 저녁노을은 짙어 가고
황금빛은 떠나갑니다

어둠을 밝히는 빛들이 모이며
빛과 소리의 어울림은 잠들고

하늘에는 신비의 밤의 빛 수놓아
은은한 빛은 고요하고 은은하다

PART 4

자연

가을 뒤뜰 향기

가을! 향기!
지평선 들판
오곡 무르익어 가는데
집과 들에 핀 꽃 장단 맞추고

코스모스밭에는
산들산들 분홍, 흰, 빨강 꽃 꽃들이 모여
꽃 잔치 한참 하고 있는데
연못에는 연꽃이
파란 양산 들고 흰 꽃 빨강색으로
빙빙 돌면서 코스모스꽃 잔치 구경하네
들에는 가을 결실 준비하는 모습이
그림처럼 아름다워지는데

잔치! 구경하는 짝지은 선남선녀
정다운 사랑 빛 꽃피고
뒤뜰 정자에
삼십 년 지기 친구들은
잔치 향기에 젖어
황금잔치 하는데
추억에 젖은 한잔 술에 취해
시 한수 절로 흐른다

신비로운 자연
아끼며 사랑하며 눈으로 사랑하네!

그리운 자연

파란 하늘
푸른 바다
아름다운 자연색

해송은 힘차게 검푸른데
바닷바람 만나
향기 산소 날리고

바다 향기 마신 종달새
높이 올라 기분 최고!
춤추며 노래한다

세상사
나는 꿩만 보고
아름다운
하늘 바다 산
즐겁게 보지 못하네!

여백의 아름다운 뒷동산에 오르니
사랑의 향수
동심으로 노래한다

무정한 남정네

꽃잎이 모여 꽃피네
꽃술이 모여 향기 풍기네

나비는 날아
진빨강 화려한 꽃잎에 앉아
꽃술에 취해 사랑 노래 부르네

봄바람도
아름다운 꽃도
흰 노랑 나비도
봄 처녀도
눈 감으며
사랑 노래 부르는데

무정한 남정네는
꽃 보지 못하여
향기에 취하지 못하고
손잡지 못해

봄 처녀 울어도
대답이 없네!

무정한 남정네 언제 장가가려나

순풍

악풍이 멈추고
순풍이 불기 시작하니

가슴이 편안하고 머리가 맑아
마음의 순풍이 분다

구천을 헤매던 번지 없는 민의는
촛불 향기가 되어 제자리를 찾는다

아리랑 고개 넘어
민의의 꽃이 피었습니다

금수강산에
좋은 씨 심으니
이제야 땀방울의 보람이 오고
소중한 다름이 재능이 되어
꽃이 피고 귀한 열매가 열린다

얼씨구절씨구
무궁화 꽃이 피었습니다

아리랑 고개 넘어
대한민국 정의의 꽃이 공평의 꽃이
순풍의 꽃이 피고 있습니다

가을

코스모스 흔들흔들
고개 *끄덕끄덕* 가을 힘

반가운 이별
무더운 여름아
열 내리며 쉬었다 오너라

해는 뜨고 지고
구름은 흘러가고
반짝이는 별은
밤에 오고
세월 속에
자연은 흐르는구나

반쪽인 세월 흘러가는데
세 쪽 네 쪽
작아지는 땅
가을 시원한 바람 부는데
뇌리 속의 열은 더 불어 오네

열 내리며
가을 속에 살아요

나이테

꽃이 시들어 가면
벌과 나비 날지 않는다

신체의 나이 마음의 나이
몸의 늙음은 나이 탓인가
세월을 한탄 말고 마음의 여유 가져라!

세월을 재촉하는 일들이
"세월은 약이겠지요!"
흘러가다 보니 벌써 내 모습
"몸은 늙어도 마음은 청춘이다"

내가 늙었구나 하는 것은
무거운 짐 들어 보고
사랑해 보며 알 수 있을진대

세월은 꿈을 까먹으며
쓸데없는 걱정 많이 들어오고
야망이 사라지며
가슴이 식어 마음도 늙는다

흐르는 물 아름다운 단풍 바라보며
토끼와 거북이 생각으로
마음의 여유 가져라!

새 활력 채우는 것은 마음 비우는 것
단풍과 열매는 아름다운데
나이테가 잘 보이는 얼굴 지울 수 없다

봄

나뭇가지와 길거리에
봄이 보인다

봄소식 전하려
잎도 없이 핀 연분홍 꽃 노랑 꽃

따스한 산들바람
길거리 짧은 치맛자락

긴 쉼 후에 아름다움 보인다

오목조목 우리 강산
산과 들
흐르는 천에
만물의 생동 푸른 향기 짙어 가는데

봄의 아름다움 보이고
향기로운 세월이 흐른다

진정 봄은 삼일절에 왔으나
광복 70년
분단
통일이 남았구나!
아직
보이지 않으니 안타깝구나!

산 1

산은 삼각
올라갈수록 마음을 비우는 표상
오르며 내려오는 것이 산
멀리 넓게 보일 때
경치의 느낌을 받고 내려오는 산

멀리 보면 삼각이지만
산길에 들어가면
아늑한 엄마 품 같은 느낌이 몸에 스며들어
편해진다

산은
빛을 나누어 더불어 사는 산
추운 겨울은 앙상한 가지로 기다리다가
따사한 봄은 햇살을 받아 새싹들이 순 트며
무더운 여름은 햇빛을 받아 수많은 잎들이 무성하고
풍성한 가을은 높은 하늘이 열매를 만들어 주렁주렁

하늘과 땅 사이
받는 것보다 주는 것이 많은 산
추운 날씨는 산속을 정화하여 봄을 준비한다
여름은 수많은 잎을 만들어 시원한 그늘을 만들고
뿌리와 잎 열매는 향기와 맛을 남기며
아롱다롱 단풍은 아름다움 풍광을 만든다

산은 즐겁고 재미있는 아름다운 곳
나무 동네, 동물 동네가 있으며
들풀 상록수 낙엽송 갈대밭 억새풀 끼리끼리 산다

산 2

잎 없이 꽃피는 진달래
봄소식 전하려 옷도 못 입고 왔네
늘 푸른 소나무는
사철 푸름 위해 철갑을 두르고

둘이 좋아 같이 붙어 사는 사랑 나무
태풍에 상처 허리 평생 안고 산다

숨바꼭질인지, 사랑놀이인지
이 나무 저 나무 구경하는 새
높은 나무 오르며 나 잡아라!
죽고 사는 놀이 하는 다람쥐

평화롭고 자유롭다

벌 나비 꽃향기 쉬지 않고 찾는데
개미들의 긴 행군 비오기 전에 분주하다

흙, 바위 나무
곤충과 동물의 세계
사람이 더불어 가는 산

인간이 오르고 내려오는
건강의 길 터

산은 가고 싶은 곳
내일 또 보자

숲속 길

오늘도 인간 소음 벗어나

자연 속 아름답게 만든 청개구리 공원에 이르니
키 큰 적송 소나무들이 어깨동무하며 파란 마음 부르고
놀이터에 아이들 스스럼없이 놀이하며 웃음꽃 피고 있다

고추잠자리 축하 비행은 소음 없이도 가을 소식 전해 주는데
연꽃 꽃피어 예쁜데 파란 우산 속에서 오리 사랑 나누고
잉어 가족들은 구름다리 단골 손님 기다리며 인사하고

산 내음 숲이 우거진 오솔길에 이르니
해님은 쉬어 가고 하늘과 숲은 그림을 그리기 시작하는데
둥글게 세모 네모 크게 작게 피카소 그림 수없이 그린다
다람쥐는 길 옆 도토리나무 높이 올라 나 잡아 봐!

죽고 사는 놀이 하고
새소리는 사랑 노래인지 엄마 찾는 울음인지 소리는 즐겁네
해는 중천인데 귀뚜라미 끼기 우르 루르 가을 보내기 싫어 슬피
우는데!
생동감 넘쳐흐르는 숲속의 향기는 육체에 스며 들어 향기로워진다
여유롭고 자연스럽다

햇살이 보이는 옹달샘 오니
오는 손님 맞아 약수 물 그저 주는데
빙빙 돌리며 엉덩이 춤 시선 멈추는데
가는 세월 막을 수가 있을까?
길 따라서 빨강 열매 세월 잡는 산수화 보니
나도 모르게 힘이 솟아오른다

행복한 삶 위한 생명의 숲속 오솔길 만 보!
내일을 기다리며 살아가는 인생
흐르는 세월 붙잡는다고 아니 가겠소
힘차게 건강하고 여유롭게 살아가 보세

세월

봄 꽃소식 전하려 찬바람 풍파 이기며
잎도 없이 연한 연분홍 꽃 피어
임 오시지 않아 시들고

춘삼월에 향기롭고 아름다운 꽃 피어
벌 나비 날아들어
꽃 사랑 놀이 하더니
봄비 내리니
아름다움 어디 가고 이별 없이 시들구나

철갑 두른 저 소나무 낙엽으로 뿌리 덮고
늘 푸른 잎 보이더니
자식 생각에 씨 솔방울 만들었네!

무거운 짐 진 거북이
천 리 길 천 년 가면서 세월 탓하겠지

갈대가 왜 흔들릴꼬!
낙엽이 떨어질 때 바람 탓하지 말고
세월 따라 가는 길 가거라!

세월은 흘러가는 길
하루살이도 하루 살다 가는데

인명은 제천
세월의 끝은 흙
영원한 이별은 흙으로 간다

운동장에서

키 차이가 있는데 공 세 개가 엉키며
이리저리 구르고 안 될 것 같은데도
쉴 새 없이 서로 뛰고 또 뛰는데
슛 골인 성공은 언젠간 온다

키 차이는 없는데 공 하나가 던져지며
이리저리 피해 다니고 웃음바다 만들며
쉴 새 없이 던지고 상대가 없으면 끝난다

오렌지 오렌지 나 잡아 봐
이 기둥 저 기둥 번갈아 잡는 눈치
찬스 놀이도 기회는 언젠간 온다

선 그어 놓고 칸에 돌 던지고 뛰는데
돌이든 발이든 선 물리며 차례 넘기는데
실수는 누구든지 있다

그네 미끄럼틀 매달리기 올라가기
놀이터는 분주하고 즐거운데
차례 기다리면 차례가 온다

한곳에서는
나를 못 보고 너만 보니 다툼의 싸움판이 돼 시끄러워
선생님이 온다

운동장 밖 가장자리
잘 보이지 않는 그늘진 곳에 혼자 외로이 멍하니 있어
무슨 사연이 있는 것 같은데 선생님은 오지 않는다

운동장은
아름답고 즐거우며 생동감이 넘쳐흐르는데
또 한편 어둠의 슬픔이 싹트고 있다

잎

앙상한 가지에 푸른 옷 입더니
파란 잎 수없이 만들고

비바람 풍파 속에서도 파란색 열매 많이 만들어
해님과 친해지더니
크게 둥글게 빨강색으로 옷 갈아입고

가을 코스모스 꽃 잔치 구경하고 있더니
가을 보내는 귀뚜라미 울음소리에

황혼 빛 만나 예쁜 단풍 잎 만들어
기다림도 별로 없이 떨어져야 하는 잎
낙엽이 되어 바람을 기다려 입었던 옷 모두 벗는다
떨어진 낙엽은 밑거름이 되는데
앙상한 가지는 고난의 길 간다

일생 동안 풍파 속에서도 파란 희망과 시원한 그늘 만들어
맛있는 열매 주고 아름다운 단풍 보이며 생을 마감하네

그러나 아직 떨어지지 못한 단풍 한 잎 낙엽은
첫눈이 내리자 깜짝 놀라 얼어 버린 채 운다
때를 모르는 슬픈 잎

잎은 열매를 만들고 푸르고 푸르다
울긋불긋 단풍잎 되어 때를 알고 내려온다

죽어서는 밑거름이 되는 잎
베푸는 일생은 기다리며 기회가 또 오는구나

채움과 비움

자연의 소리가 들리는 것은
텃밭 덕분이다

긴 세월 채우기만 하다가
어느 날부터 비우려고만 했는데
채움이 없어 비워지지도 않더라

채움이 없는 허전한 세상사

텃밭에는 채움과 비움이 같이 있더라
씨앗을 뿌리고 모종을 심고 기다림이 있으며
채움과 비움을 주는 자연이 있더라!

채워지면서 비우는 상추, 부추, 깻잎…
기다리면 더 좋은 인삼과 도라지…
때가 되면 다 주는 감자와 고구마…
열리면서 막 주는 오이, 고추, 가지, 호박…
함께하면 더 좋은 어성초, 자소엽, 녹찻잎…

이제 마음 비우는 것이 희망
채워지면서 비우는 인생 살리라!

푸른 적송

어려운 고비
어깨동무하며 뿌리 내리더니

여백 만들어
햇빛 나누어 주며
꽃밭에 꽃들과 이야기하고

긴 시간 휘감으며 힘들게 그린
예쁜 동양화
아름답기 끝이 없구나

늘 푸른 소나무야
찬바람 불어도 푸름 주려고
갈색 철갑옷 입었구나

꽃동산에 그린
휘어진 적송 그림
긴 세월 아름다워라

변하지 않는 푸른 적송 되어
옛 추억 기억하며
푸른 친구 만나려 가네

하늘과 호수

파란 하늘 아래
푸른 호수가 있는 마을
초록 파란 푸른색 들판 멀리 지평선 둥글고
둘레길 그 가운데
푸르지오 아름다운 보금자리

섬처럼 둥글게 자연 속의 향기가 가득한 터

하늘과 호수 무지개
저녁노을이 있는 호수 둘레길

'시'가 있는 아름다운 시인의 길
바라보기만 해도
한가로운 초록 파란 푸른 들판
보금자리 꽃밭에
나비 벌 날아드는 향기로운 마을

해와 달이 뜨고 별이 빛나는
자연 속의 마을 보금자리

하늘 바람이 늘 불어
깨끗한 향기 있는 마을
둘레길 따라 호수 물결 늘 춤추는 낭만의 동네
초록 물결이 늘 보이는 자연 속의 편안한 보금자리

희망이 있는 행복한 자연 속의 마을
아름다운 푸르지오 살리

아기 하나 둘 셋

민들레꽃 하얀 꽃 노랑꽃
길섶에 피어 발질에 견디면서
씨 이으려고
바람 부는 날 흰 솜덩이 되어
정처 없이 날아가 심는구나

뻐꾹새 뻐꾹 뻐꾹 슬피 울어 대어
멍청한 새 머리라 했더니
남의 집에 알 낳아 놓고
지 새끼와 통하는 사랑 새소리
씨 만드는데, 나쁜 새 머리가 있었네

씨 이으려는 마음은
꽃이나 새나 머리를 넘어섰구나

천상만물이 살아남는 몸부림
자연 속에서 자연스레 있었네

원앙 잉꼬 금슬, 지 새끼를 낳아
서로 통할 수 있는 하나 둘 셋이
자연 속에서 보인다

만물의 영장 백의 민족 이어 가는 길
아기 하나 둘 셋
하나는 좋아서, 둘은 행복, 셋은 든든하다

부부 행복, 아기 사랑, 손주는 꽃
역사는 씨, 피는 흐른다
둘이 다섯 되어

열매의 계절

고추잠자리 짝이 되어
둘이 되어 비행하는 가을

청둥오리 짝이 되어
일곱 식구 가족 되어 나들이 한창인데

청춘남녀
시집장가가

아름다운 보금자리에서
사랑 호(好) 만들어

다섯 식구 가족 되어
꽃동산에서
가족 나들이 기다린다

수원의 명산

광교산 정기 받아
팔달산에 성곽 꽃 심고
칠보산에 오봉병풍 그림 그린다

광교산은 북풍 서게 하고
능선이 완만하여 풍요롭고 고운 마음 심었네!

팔달산은 사통팔달 수원이 보여
눈이 빛나고 마음이 편안하네
아름다운 '수원' 한눈에 보이네!

칠보산은 오봉에 병풍 만들어
보물덩어리 칠보산 오르니
능선 따라 아름다운 그림 구경한다

종달새

아침 햇살이 창호지를 넘는데
종달종달 종달새 수직으로 오른 곳
빛과 소리
어울림

종달새는
산과 들 바다를 보는지
시원한 바람을 부르는지
해님을 보려고 오르는지

해님이 눈부시게 웃으면
바람 끝이 따스해져
소리의 향연이 들린다

물 회오리 하얀 춤추며
바닷새들의 노랫소리
빛 따라 아름답게 들리니
찬란한 빛 장단을 친다

바다 위 저녁노을 기우니
황금빛은 떠나고 종달새 잠들고
빛과 소리의 어울림은 잠든다

어둠을 밝히는 빛들이
하늘에 신비의 빛 수놓아
은은한 빛은 고요하다

오는 소리

무더운 한낮인데 가을 소리 들린다
별들이 수놓은 밤 가을 소리 들린다

한 소리는 가는 소리
한 소리는 오는 소리
세월 속에 소리 오고가는구나

장밋빛 희망 속에
백세인생을 오는 소리로
아름답게 살아가세

가을의 드높은 파란 하늘처럼
가슴을 여니
아름다운 향기 속에
가을이 오는 소리 들린다

오는 소리 들으며
아름다운 소리로 살아가세

붉은 꽃

태양이 타오르듯
정열을 깔아 놓은
붉은 홍색 정열

어릴 적 고향의
집집마다 피어 있던 꽃
아파트 숲속에서 잊었는데

수탉의 머리빗으로
배움터 문 지키고 있네!

타오르는 사랑
홍색으로 물들이며
입술을 깔아 놓고
웃음꽃 강의하네

봄꽃 떠난 후에
봉숭아꽃 친구 되어
시들지 않는 사랑 주네

무더운 여름을 지키는
수호천사 맨드라미
꽃 지킴이 되어 주네!

시골 향기

꼬꼬닭 기상 소리에
먼동이 트기 시작하고
아침 햇살은
창호지에 입 맞춘다

검은 가마솥 아궁이 장작 타는 소리에
김은 무럭무럭 올라 맛 냄새 풍기고
엄마 소 배고파 음메
복슬 강아지도 꼬리 흔든다

시원한 바람이 있는 동네
골목길에 꽃향기가 흐르고
정자 나무는
동네 한가운데서 자리 잡고
오는 이 반갑게 기다린다

산들바람, 꽃바람 불어 와
평안의 기운이 맴도는 시골 향기

추억의 고향
지난날 떠오르니
마음의 봄은 고향에서 온다

황금빛 사랑

황금빛으로 고개 숙여 이별했던 임
추운 엄동설한을 긴 쉼으로 보내고

네모의 귀중한 고향의 터에
네모의 여백을 수없이 만들며
줄 맞추며 푸르게 들어서더니

흙물에 뿌리내리고 초록 물결 춤추는데
검게 탄 얼굴에 구슬땀 아롱아롱 빛난다

밀짚모자 만나고 또 만나고
비님 해님 친하고 또 친하고
미꾸라지 멸구 잡는 술래 놀이
우렁이 오염된 터 물청소하여
여백 속의 유기농 알 들었네

고추잠자리 결실 축하 비행 속에
황금 물결 살랑살랑 이별 노래하고
떠나는 님 고개 숙여 인사하네

한 가마니 쌀
밀짚모자 검게 탄 얼굴은
신 한 켤레 안 된다고 한숨 소리 들리니

주식(米)에 대한 예우인가
쌀 한 가마 사 들여
고향 뿌리 심는다

우물을 떠나

한 우물 파다가 물이 나오면
먹고사는 것은 물에 맡기고
이제 무엇을 할 것인가
우물을 떠나라

소유는 수평선
욕심 채우기는 끝이 없는 것
깨진 독에 물만 채우다 떠날 것인가
내 고집 주장만 하다가 떠날 것인가

나 부르는 소리를 들어라

자연 속에서
이 세상에 온 이유를 찾아
신비의 끝이 없는
여행의 배 타고
낙서를 하며 그림을 그리고
기타를 치며 노래 부르며
자연 속에서 시를 쓰는

보람 있는 세상으로 가라

세월 속에 소외될 줄 알았는데
살 만한 세상
즐거운 할 일이 끝이 없더라!
"선인들의 생각을 모아"

잃어버린 자연

구름다리 아래 잉어 가족들
오솔길의 다람쥐
자연스러운데
어느 날부터
단골 손님 기다리고 있네

비닐하우스 안에는
밤인지 낮인지 여름인지 겨울인지
전등불 아래
속성으로 열매 만든다

자연스러움
자연 속의 빛 어디 갔는지!

해님 달님 별님 없는 세상 속
자연은 하나둘 지워져 가네
잃어버리고 있네!

해와 달이 있는 자연 속의 야성
숨 쉬는 자연
살아 있는 맛
아름답고 향기 있는
숨 쉬는 자연으로 가자

여백의 감사

큰 별빛 은빛 받고
책받침 덕에 글씨가 좋아져
그 덕에 쑥쑥 큰 그늘 나무
등잔 밑 못 보고 막 살아
세월 속에 낙엽 되어 떨어지네

이제 물 빠진 낙엽은
고마운 감사의 싹이 터도
죄송한 마음 가득 차도
영영 멀어지네

책받침 고마운 줄 모르고 산 자
아름다운 추억은 지워지고
무섭고 지독한 무덤 속에
깊은 우물 속에 빠져
외로움만 남을 뿐이다

양보한 책받침은 등잔 밑 벗어나
늘 푸른 햇빛 나무 되어
향기 꽃 열매 주렁주렁
아름다운 '시' 꽃 속에
여백의 쉼터에서
등잔 밑 늘 생각하며
오늘도 감사할 뿐이다

사랑 빛

외모의 멋은 아름다움 꽃
내면의 멋은 숨은 향기

타오르는 사랑의 눈빛은
눈을 가리고
사랑만 보인다

지는 눈빛 때문에
뒤돌아섰는데
가슴속에 미련은 남아 있어
낙엽이 떨어지는데 바람 탓이라 하네!

세월은 흘러가고 푸른 잎 남아 있는데
꽃은 보이지 않아

타오르는 사랑의 눈빛을
만나지 못하고
영원히 눈을 감는다

사랑꽃이 지는구나

거슬러 가는 인생

물이 흐르고
바람이 분다

물 따라 바람 따라
세월도 흐른다

거스른 길에
연 날리는 역풍
연어 오르는 자연풍
자연 속에 흐른다

흐르는 물 다시 오지 않으나
밀물과 썰물 오고가는데

오고가는 세월 어디 있는지
꽃 피고 지고
손주 보고 또 보고

세월 따라
세월 타고 가는 인생
인생도 흘러가는데

가을은
세월이 보이는구나!

훔쳐보기

높은 곳의 흐르는 물은 왜 이리 빠른지
낮은 곳의 흐르는 물은 왜 이리 늦은지
낙엽이 소리 없이 하는 말

높은 곳은 시야가 넓고 멀리 보여도
안개가 끼며 낮은 곳만 못하고

낮은 곳은 있는 그대로 가까이 보여도
손금 보듯이 선명하게 보인다

민심은 천심
호기심보다는
훔쳐보지 않는 이 없다
떨어지는 낙엽처럼 가는 길이 세월이다

나 아니면 또 하는 이 있고
푸른 잎은
세월 따라
아름다운 단풍잎 되어
가는 날
바람을 기다린다

백이십삼 층

높은 자리 순간 오르니
눈은 맵고 귀는 먹먹 울어
입은 말없이 열린다

남산이 저 아래 보이니
높은 자리는 백이십삼 층이라네

멀리 작게 보이니
아름답고 좋은 풍경 천상인데
작아지는가 축소판인가 허상인가
석촌호수는 연못
한강은 개천이 되어 그림 같은데
한강 다리 달리는 차는 장난감 되었으니

높은 곳은 착각을 볼 수 있으니
잣대의 기준이 흔들릴 수 있구나

높고 낮음을 볼 수 있는 이는
깨달음의 좋은 배움터
평지를 걸어도
층과 층이 너무 많아
고통과 아픔, 슬픔이 쌓일 수 있는 터

층의 벽을 허물 수 있는
아름다운 좋은 터 되기를
소원하며 내려온다

PART 5

사랑

세월은 바람

나는야 세월이 되어
봄바람이 불면
향기 있는 예쁜 꽃 피어 웃다가

하늘빛 받아 푸른 잎 우거져
시원한 그늘 만들어 기다리다
여름 바람이 불면
오는 이 붙잡고 이야기꽃 날리며
놀다가
가을바람이 불면
해님 닮은 붉은 열매 주렁주렁 열어
긴 느림으로 씨 감싸고 보람 느끼고

비오는 날
황금빛 단풍잎 갈아입고
보는 이 즐겁게 만나며
아래아래로 내려
찬바람이 불어 대면
낙엽이 되어
뿌리 감싸면 잠들리라

하늘이 오라면 빈 마음으로 갔다가
새봄에 다시 보자면
봄바람에 아름다운 꽃 피우리라

세월은 돌고 도는 바람
바람 따라 물 따라 흙으로 간다

짝사랑

파란 잎 나기 전에 핀
연한 분홍 꽃

뱃고동 소리에
꽃잎은 지고 말았어요

세월은 흘러갔는데
짝사랑은 마음속에 살아 있는지

분홍 꽃 사랑에
푸른 잎이 지쳐 가는지
세월 속에 단풍잎 되어 가는구나

뒷동산에
분홍 꽃 피기 시작하는데

마음속에 분홍 꽃 피어 있는지
만날 수 없는 짝사랑은

물 위에 떠도는 단풍잎 되어
영원히 떠나갑니다

꽃 피는데

차장 밖
예쁜 꽃들은 만개
꽃눈은
임 기다리는데

기차는
빠르게 지나가
세월만 흐른다

살랑살랑 봄바람이
치마 끝에 스며 들어
사랑꽃도 피는데

청년은 아직
사랑꽃 보지 않고
삶의 터만 찾고 있네!

아름다운 꽃에
벌 나비 날아들어
아기 우는 소리
듣고 싶네!

아기의 울음소리에
아빠의 사랑 소리
엄마의 아기 찾는 소리
행복하게 들린다

내 마음의 색

내 마음의 색은
파란 하늘 흰 구름
푸른 물결 흰 물결
색은 내리고 받는다

무지개색 꽃
예쁘게 아름답게
향기 풍기며 피고 지고 떠나 버리고

봄의 꽃은 피면서 잎이 되고
여름 꽃은 백 일을 세며
가을꽃은 흔들흔들 세월 따라
초록은 동색
오색 단풍 되어 물결치며 내린다

낙엽은
갈색 이별 노래 부르며
떨어지며 내린다
커피 한잔 마시며
초록인 줄 알았는데
가을 단풍잎 되어 갈색치마 입었네
이제는 갈색을 받는다

어린 시절 추억은 자연 속에서
참외 수박 노랑 남색 먹고 살았는데
색깔 속에
평생을 푸른 옷 입고 살았는데
향수에 색이 내린다

내 마음은 무지개 꽃처럼
아름답게 살라네

내 모습 보며 살자

내 얼굴
내가 못 보니
미소가 흘러도
분노가 솟아도
쉼 없이
악의 길 들어서네

내 마음에
천둥소리 우르르 쾅쾅쾅
번개 치는데도
느낌 없이 정지도 없이
분노의 악의 길
물들어 가네!

선의 꽃동산에서
악의 구렁텅이로 떨어지네!

쉼에
'나' 이기는 힘 기르고
'시' 좋아해 '시' 낭송하며(그림, 노래 등)
여유가 샘솟아
분노는 사라지고
미소가 스며든다

꽃을 보듯이
사랑의 향기가 나도록
내 모습 보며 살자

아름다운 빛

물결 위에 빛나는 아롱아롱 은빛
수평선에 노을 진 찬란한 금빛
황혼이 지면서 더 찬란하고 아름답구나

풍광과 시간이 보이는 수평선에
만나며 떠나는 이별의 큰 빛은 지고
은빛은 고요한데
반짝반짝 아름답게 빛나는 별빛
초승달 그믐달 예쁘게 다른 달빛
밤하늘에 수놓은 북두칠성 은하수
밤이 깊어 가면서 고요히 잠든다

새아침 빛은
창호지에 스며 드는 햇살
그림자 빛은
행복한 느낌이 너무 깊구나

스치는 빛은
밤하늘 나는 수그린 반딧불
아름다움을 그린다

우당탕 쾅쾅쾅 우르르 번갯빛
깊은 반성과 새로운 길 심는다

자유로운 빛 속에
따사한 햇빛 고요한 달빛
사랑하며 보이는 아름다운 눈빛
오늘 보고 내일 또 보리라!

받침 고마워요

즐거운 산책길에 오르니
늘 푸르던 나무
큰 바람에
허리는 동강 나고 푸름을 지우고 있네!

지금은
큰바람이
불지도 보이지도 않는데
흔적이 이별 말하네

아직
푸르게 서 있는 나무들은
가지와 잎이 무성하구나!

보이지 않는 뿌리가 받침이 되어
수많은 가지가 균형을 잡고
수없는 잎이 푸름을 주는데

뿌리 가지 푸른 잎
푸른 숲을 만들고 있는데
혼자의 힘 아니었네!

그 덕에
실바람 살랑살랑
춤추며 반기는
즐거운 산책길 걷는다

운동장에서

키 차이가 많은데
공 세 개가
같이 서로 엉키며 이리저리 굴러 다니고
안 될 것 같은데도 쉴 새 없이 서로 뛰고 또 뛰는데
골의 성공은 언제든지 온다

키 차이는 없는데
공 하나가
날아가며 이리저리 피해 다니고
웃음바다 만들며 쉴 새 없이 던지고 던진다
상대가 한 명도 없으면 끝나는데!
이기는 팀은 언제나 있다

오렌지 오렌지 나 잡아 봐
이 기둥 저 기둥 번갈아 잡는
눈치 찬스 놀이도
기회는 언제든지 온다

선 그어 모양 만들어 놓고
칸에 돌 던지고 칸을 뛴다
돌이든 발이든 선 물리며
차례 넘기는데
실수는 누구나 있다

그네 미끄럼틀 매달리기 올라가기
놀이터는 언제나 분주하고 즐거운데
모래밭에 앉아 이리저리 바라보면서
차례를 기다리는 서로의 공유가 있다

한곳에서는
나를 못 보고 너만 보니
다툼의 싸움판이 돼 시끄러워지고
선생님이 오신다

운동장 밖 가장자리
잘 보이지 않는 그늘진 곳에
혼자 외로이 멍하니 서 있어
무슨 사연이 있는 것 같은데
선생님은 오지 않는다

운동장은
힘찬 젊은 즐거움이
생동감으로 넘쳐흐르는데!

그늘진 곳에는
슬픔이 싹트고
학교 밖으로 가고 있네?

나눔

열두 그루 나무 심었는데
두 그루 나무가 시들어 가
물거름 주며 정 주었더니
열두 나무가 같이 푸르더라

감나무 사과나무가
푸른 잎 속에 나눔 꽃피어
해님과 비님과 친해져
주렁주렁 예쁘게 열매 열어
감사할 뿐이다

가지마다 열린 파란 열매는
수줍은 얼굴 내밀며 붉게 익어
울긋불긋 빨강 웃음 꽃으로
만나는 이에게 다 나누어 주고

오색 단풍잎 되어
오고가는 이 많이 만나더니
갈색 갈아입고 낙엽으로 내리며
앙상한 가지 새봄 기다린다

나눔의 모습을 주신
감나무
사과나무
감사합니다

임

인생은 둘이 가는 길
두 갈래 길 보이며
망설임 없이 동행하는 '임'과 함께 가거라!

길 바꾸고
향기만 좋아하며
그늘 속에서 달만 쳐다보고 산다

해만 바라보는 해바라기꽃
달만 사랑하는 달맞이꽃
물을 싫어하는 선인장이 되고
이슬만 좋아하는 나팔꽃이 되어
외톨이 신세
슬픔과 눈물이 기다린다

늘 푸른
꽃밭에 소나무처럼
해와 달 물 바람
모두 안고 휘감으며
'임'이 '너'가 되도록
'네'가 좋다고 말하며
싸우며 살아라!

낮은 곳에서

파랗게 보니 하늘이요, 바다요
넓게 보니 들판이요, 평지다

더 아래
낮게 보니 흙과 같이 사는
꽃들의 세상이다

높게 보니 산꼭대기
올라갈 때 힘들고 내려올 때 넘어지니

멀리 바라보니 지평선 수평선
아지랑이 무지개 하얀 물결이
색 그리며 춤추는데 아름답다

해와 달 별 멀리 있지만
언제나 아래에서도 볼 수 있다

낮은 곳에서 멀리 바라보니
만물이 숨 쉬는 아름다움이 있는
꽃들의 세상이다

대의를 위할 때는 높은 곳에
자신을 위할 때는 낮은 곳에
진리가 있다

낮은 곳에서 꽃과 같이 사는 다짐
좋으니 오늘 또 한다

사랑의 씨앗

사랑 바람 타고
찾아온 사랑의 씨앗
임 되어 정말 좋았네

사랑 만들기 하나 둘 셋
힘찬 꽃과 나비 되어
푸르게 앞만 보고 살았네

더 크려고
모진 풍파에 시달리며
나이테 만들었네

이제
사랑 나무는 둘이 되어
좋은 추억 그림 그리네

아 기쁘다
어 슬프다
애경의 물결 속에
경지에 오른 듯한데

하늘의 기운은
사랑 나무 보며
빈 마음으로 행복하라고
하얀 눈 내린다

여백의 시간 속에
사랑 터는 살아 숨 쉰다

세월은 바람

나는야 세월이 되어
봄바람이 불면
향기 있는 예쁜 꽃으로 피고
하늘빛 받아 푸른 잎 되어
시원한 그늘 만들어 기다리다
여름 바람이 불면
오는 이 붙잡고 이야기꽃 날리며
놀다가
가을바람이 불면
해님 닮은 붉은 열매 주렁주렁 열어
긴 느림으로 씨 감싸고 보람 느끼고

비오는 날
황금 빛 단풍잎 갈아입고
보는 이 즐겁게 만나며
아래아래로 내려
찬바람이 불어 대면
낙엽이 되어
뿌리 감싸면 잠들리라

하늘이 오라면 빈 마음으로
갔다가
새봄에 다시 보자면
봄바람에 아름다운 꽃 피우리라

세월은 돌고 도는 바람
바람 따라 물 따라 흙으로 간다

민초

회오리바람에
민들레꽃이 떨어져
민초 향기 시들어 가는데

광(光)풍 불어 와
절벽 위의 돌멩이들이
수없이 떨어져
아래 있는 면이 깨진다

푸른 소나무만 처다봐도
둥근 선과 여백 볼 수 있는데
돌멩이는
아래만 쏘아 보는구나

지평선과 수평선의 참모습 보지 못하고
해 오름만 보고 있구나

파란 하늘 아래
민초 향기 풍기는 지평선 걸어서
슬픈 사연 듣고 싶다

푸른 물결치는 바다에서
물결치는 수평선 바라보며
시원한 민심 소리 듣고 싶다

먼 훗날이

푸른 잎처럼 푸른 옷 입고
산천을 누비던 전우

대자 두 개 달고
우연의 인연으로 서울에서 만나
격 없이 선술 들던 젊은 시절

지나 보니
가슴에 잠긴 분들이었어요

이제 먼 훗날이 와
선술 맛보려 만나려 가네!

눈이 멀어지면 마음도 멀어지는데
이제 훗날보다는 자주 만나야지!

아름다운 고민

뇌리에 스치는 아름다운 풍경
구름처럼 흘러가고
가슴에 잠기는 슬픈 걱정
호수처럼 가두어 두네

머릿속에 가득한 가시 생각
비우지 못하고
억장이 무너지는 슬픔은
계속된다!

아름다운 고민 만들기 위해
흘러가는 강물처럼 만들기 위해

힘든 터널 지나서
내 눈과 귀에
정신에
마음에
흘러가는 강물처럼
서글픈 헛된 생각 빈 마음을 만들어
새 맑은 물을 담아
아름다운 고민 만들어
강물처럼 흘려보내기 위해

아름다운 고민이 가득한
여백의 그림을 그려
강물에 흘려보낸다

꽃 마음 심어

파란 잎 다섯 층층 잎 만들어
꽃대 감싸고
둥글게 겹겹이 아름답게
차례 기다려 피네

꽃잎 다섯 겹 잎 다섯
오오 스물다섯
가시 빨강 꽃피네!

꽃잎으로 단장한
금관 쓴 여왕 꽃
꽃동산 향기 날리며
예쁘게 아름답게
십일홍 넘어 피고 또 피네!

스물다섯 정열의 꽃
환한 장미꽃 웃음
보고 또 보고
꽃술에 취해
오도 가도 못하네!

꽃 속의 꽃
아름다운 꽃
마음속에 심어 가야지

바람

해는 서산 위에 있는데
바람이 나네

먹구름이 뭉치더니
해는 잠들고
비가 내린다

나뭇잎도 흔들흔들
눈물 흘린다

해는 해 달은 달
해와 달은
구름 비바람 이기지 못하네

먹구름 멈추니
시원한 바람이 불어
슬픔은 가네, 눈물은 멈추네

자연 속에서
슬픈 눈물을 닦는다

무소유

춘삼월 산천에
진달래 개나리 만개하여
봄소식 전하는데

꽃밭에는
앙상한 가지로 늦잠 자는 감나무
유월 목단꽃 보고서야
큰 잎 만들어 둥근 아기 감싸고
한낮 시간 해님과 친해지더니
알찬 붉은 열매 주렁주렁 열렸네

늦은 감
때 늦지 않았네

자연 속에
때와 시기 있었네
기다림이 있었네!

긴 쉼으로 가는 길
까치에게 주고
앙상한 가지만 남는다

떠날 때
무소유 가는 길
붉은 감에서 봅니다

적송이 오는 날

우리의 순수한 민족의 얼 심은
아름다운 색 입은 적송
가지치기로 여백 만들어
해님과 친해져
어린 나무 새싹 푸르게
꽃동산 향기 속에 있네

봉우리 여백은 동양화 예쁘게 그려
아름답기 끝이 없고 푸른데
솔향기 천릿길 그윽하다

은행나무들은
외형은 웅장하게 키가 크고
노란 잎 고깔 쓰고 예쁘던데
가지치지 못한 그늘 속에서
접근 막는 악독이 있어
꽃동산 만들지 못하는데
가지치기 나선이 없네

큰 은행나무
가로수에 넘겨주고

나라의 큰 나무
아름다운 적송 되어
더불어 살아가는
상생하는 그날 기다린다

층간 소음

층간 소음 둘이 있는데
다섯 살 일곱 살 본능의 뜀박질은
살벌한 층간 소음이 되어 내린다

엄마의 가슴은 콩당콩당 조여 들어
사분사분 소리 입 밖으로 나오지 않아
아기 손잡아 층간 소음 잡는다

아래층에는
고희가 날려 버린 잠
한잔 술에 잠들었는데
쿵쿵쿵 소리 울려 와
잠은 떠나가고 눈은 천장만 보이네
고요한 밤 꽃밭 소리에도 잠들지 못하네
분노가 터질라
감정이 폭발할라
위아래 층간 소음 태풍 불며
해가 서쪽에 뜰 일 생길 수 있는 날
한숨 쉬며 손주 생각으로 넘는다

층간 소음 소리
멈추는 날
엄마의 가슴에 평화가 오는 날
스르르 잠이 드는 날 기다린다

무지개 꽃

파란 하늘 흰 구름 푸른 바다 흰 물결
아름다운 자연색
오르고 내리며 뜬다

그 사이에
무지개색 꽃 예쁘게 아름답게
향기 풍기며 피고 지고 떠나고

흐름 사이에
외로이 채송화 피어 잇는다

가을이 가는 길에
초록 잎은 오색 단풍잎 되어
물결치며 금수강산에 내리고

가을 커피 향기 풍기는데
찬바람에 낙엽 되어
갈색 날리며 내린다

추억에 잠기니
어린 시절
노랑 남색 먹으며 색깔 속에 살았네

향수에 색이 내린다
내 마음은 무지개 꽃처럼
순하게 아름답게 살란다

쉰다!

섬과 섬 사이
둥글게 물 흐르고
병풍 그림은
큰 거울에 비춘다

가까이 가니
물 바위섬에
파래
파랗게 해선하고
갯벌에 꽃게 짱뚱어
춤추며 생동한다

해변의 해송은
숲 그늘 만들어
해선하며 반긴다

덕분에
둥글며 길어
포근한 마음 쌓이고
눈 코 입 열어
자연 속에
숨 쉬며 쉰다

흙길

고향의 길은 흙길이다
들길은 풀길
산길은 숲길
해변 길은 소리 길

들길을 걸어가며
풀 냄새 풍기고
들벌레 소리 은은하여
아래를 보게 되고

산길에 들어서며
종달새 우짖고
높은 곳은 시야가 파랑
하늘을 보게 되고

해변 길에 들어서면
해당화 꽃향기 풍기고
파도 출렁출렁 소리 내어
푸른 바다 흰 마음 심고

흙길을
자연음에 젖어
아래를 보며
푸른 흰 꽃 마음 심어
나를 자연 속에 심는다

장단 소리

장단이 없었다면
한 많은 빈 마음 달래 주는
구슬픈 소리 들을 수가 있을까

큰 산 작은 산
오르는 장단은
오목조목한 아름다운 장단

큰 나무 작은 나무
여백의 장단은
마음속에 넣을 수 있는 소리

장단은 어디에도 있는데
장미꽃은 예쁜데 가시가 있고
무화과는 꽃 없이도 열매는 열려

장단은
흥이 흐르며 사랑이 있고
행복이 숨 트는 소리
노랫가락 장단은 최고의 소리
천라만상은 장단 속에 사는데

오늘
보고 듣는
장단은
'장' 소리만 강하게 들리고
'단' 소리는 약해만 간다

회상

싱그러운 풀 내음 나는
흙길에 들어서니

산과 들에 외로이 핀
야생화 어린 시절 이십 년
세월 없이 스치고

나라 사랑 푸른 옷 입던
삼십 년 덕에
이제
삶의 터 되어

지금은
육자 둘 쓰고 있네!

다시 또
야생화 핀
흙 길에 와 있는데
뒷길이네

야생화 길에서

석류

초록 잎 초록 입술 가늘게

집 만들고

잎 속에 예쁜 열매 키우니

얼굴은 빨개지고

두꺼운 빨강 옷 입고 속마음도 빨강색

꽃 피듯 빨강 열매 예쁘며 아름답고

열매 속 빨강 꽃은 알알이 사랑하며

빨간 입 길게 내밀어 사랑 신맛 만든다

빨강색 신맛 속에 어여쁜 빨강 입술

가까이 입 맞추며 속마음이 빨개지고

사랑을 기다린다

속 마음속 사랑은 알알이 익어 가네

내 얼굴 사랑도 익어 가네

한숨

아기 벼 묘줄 맞추어 예쁘게 심어 놓고

해님과 친해지고 구름비 맞으면서

바람에 흔들거리는 초록 물결 춤추고

구슬땀 흘리면서 풍년 농사 짓는데

우렁이 빙빙 돌고 미꾸라지 물 춤추고

바람에 출렁거리는 황금물결 만드네

한 가마 만들어서 시장에 나갔더니

아들딸 신 한 켤레 못 사고 돌아왔네

우리 쌀 설 자리가 없구나

보리밭 살랑살랑

봄바람 불고 불어 보리꽃 살랑살랑

초승달 아름다워 예쁜 눈 빤짝빤짝

사랑은 초록 보리밭 몰래 사랑이었나

만나고 손잡으며 사랑꽃 핀다는데

매화꽃 사랑처럼 분홍 꽃 피었는지

보릿대 살랑살랑은 아름다운 사랑 눈

초록빛 살랑살랑 황금색 물들이며

살구꽃 아름답게 신맛 속 피었으니

보리밭 초록 사랑은 셋 되어 오리라

본(本)

인생은 둘이 가는 길
세 갈래 길 보이며
망설임 없이 샛길은 가지 마라

풍기는 향기 따라
가는 길 바꾸며
향기는 십일홍이요

꽃은 물 못 주면 시들고
향기는 흔적 없이 날아가
외로이 적막 속에서 산다

늘 푸른 소나무처럼

해와 달 비바람
모두 안고
휘감으며

본(本) 속에서
본(本)이 좋다고 말하며 살아라

끝자락

그늘 속 군자 난 정성을 다하니
한아름 화려한 꽃 피우다
십일홍에 시들고

자연 속 백일홍 수년간 바라보니
가지가지 향기 꽃 피우다가
석 달 열흘에 시드니

꽃이 시든 것은 열매를 위한 것
열매가 떨어지는 것은 새싹을 위한 것
끝의 차이는 영원한 것이 아니다

시녀 속 공주는
평생을 단물만 먹다 보니
쥐 봉황새 되어 날뛰다가
쓴맛을 같이 보네

이 세상에 영원한 것은
하나도 없는데
끝을 모르는 것은
신이 인간에게 주는
가장 큰 선물이다

끝이 있는 것은
또 다른 시작을 주는 것
세상사 천지만물 끝이 있으나
사람은 끝을 알 수 없는 것
인생은 끝을 알면 끝이다

큰 나무

귀하디귀한 나무
적송과 백송의 이야기

적송 큰 나무
멀리서 보니
푸른 나무 파란 여백 만들어
하늘빛 빛나고
가까이 가 보니 작은 나무들이
더불어 오순도순 사네

백송 큰 나무
멀리서 보니
푸른 덩어리 파란 하늘 가려
하늘빛 멈추고
가까이 보니 가시던 풀들이
서로 엉키어서 땅에서 기네

같은 귀한 나무인데
하늘과 땅 사이 너무 다르네

가지치기 하여
빈 마음 여백으로
아름답게 더불어 사는 적송

대한의 으뜸 적송처럼
하늘빛 같이 보며
서로 더불어 사랑하며 살아가세

사랑 걱정

가지 많은 나무
바람 잘 날 없다던데
가지 없는 나무
앙상한 추운 날 온다던데

엄마의 걱정은
가지나무 걱정 닮아서
걱정 없는 날 없다네

있어도 걱정 없어도 걱정
걱정이 걱정을 낳아
걱정이 없는 날은 없네

길고 길 걱정은
밤낮없이 오는구나

언제나 늘 서 있는 나무
바람 걱정 속에서도
향기 품고 사는데

언제나 꽃피는 엄마 사랑
사랑 걱정 속에
행복 품고 사신다

생동하는 자연

흙 속에
씨 내리며 뿌리는 감추고

태양은 붉은 빛이 뜨거워지니
서산 너머 잠든다

어둠을 밝히는 초승달 떴으나
달이 차니 떠나가네

어둠이 무서워서
빤짝빤짝 별들이 비추고

메마른 대지 힘들어하니
구름 만들어
기다리는 비가 내린다

산들바람 살랑살랑
떨어지는 낙엽도 사연 있는데

소중한 자연의 섭리
눈에 보인다

빛과 그림자
아름다운 자연 만들어 가고
자연 속의 지혜 배운다

매서운 겨울

봄꽃들이 피기 시작하니
아지랑이 눈에 아롱아롱
마음은 향기에 설레는데

치맛자락은 너무너무 올라
하얀 허벅지와 싸우고
짙은 빨강 입술이 시선을 잡아
보는 눈은 보는 길을 잃는다
아직 움도 트지 않았는데
향기 없는 꽃이 피고
단풍잎이 보이는구나

지독한 독성이 악취를 이기고
초라한 꽁초의 모습이 되어
향기 없는 꽃을 꺾는다

나이테 많은 나무들
안 본 체 못 들은 체 스쳐 가는데
안타깝고 애타는구나
눈은 보는 것을 지우고
귀는 소리를 흘려보낸다

파란 새싹
향기 있는 아름다운 꽃
벌과 나비 아름답게 보고 싶지만
향기 없는 꽃 독하디독한 꽁초
지우기 위해
매서운 겨울을 기다린다

보고 들으며

적송이 아름다워
보는 눈이 감탄하니
절로 산소 들이마시네

자연 속의 행복

꽃 보듯이 보는 눈
해맑은 미소
좋은 모습의 스침

노송이 생각하는 것은
보고만 싶다

생각은 다르지만

보고 들으며
물 흐르듯이
더불어 산다

흑싸리

감추었던 손길이
피는 꽃을 따서
꽃꽂이 하네
아프다고 소리쳐도 듣지를 못하는
잔인한 흑싸리

마음이 설레는데
나사가 풀리고 끈이 풀리며
상상 못할 큰 재난이 온다

몰빵이 있는 한
잔인한 사월은 언제나 온다
하나 주고 둘만 가져도
잔인한 사월은 춘풍이 분다

싸리비로 더러운 마음 쓸어 버려
적폐청산하자

흑싸리 고도리 되고
흑 껍질 열둘 되면
잔인한 사월도 희망은 있다

꽃 피는 사월
새로운
희망으로 가자
촛불 집회 다녀왔어

도토리 키 재기

비에 젖어 물 먹어 보고
바람이 불며 휘어지고
눈 내리니 흰옷 입고

푸른 잎 속에
도토리 열리고

산새 날아드는데
집게벌레가 가지 자르고
다람쥐 뛰어들어서
정말 기쁘며 아파요
다람쥐 밥 남겨 두고
씨 뿌리려 땅에 떨어졌는데
꿀꿀 멧돼지 찾아왔네
그저 가져가는 이도 있었어요!

푸른 옷이 갈색 되도록
모진 풍파 이겨내면서도
고만고만한 것도 모르고
나 잘난 체 살았는가?
이제 내가 갈색 옷 입으니
잘나가도 못나가도
도토리 키 재기였네

이제 빈 마음
벌레가 안 먹은 건강한 모습으로
아름다운 씨 바라보니 행복하네

쓴 소리

눈을 감을 수 있으나
귀는 감을 수 없으며
입은 자유 책임이 따른다

쓴맛은 몸에 좋으나
먹기 힘들고

쓴소리는 정인데
듣는데 기분 나쁘고

쓴소리 들을 수 있는 것은 도
쓴 것 먹고 병 고치고
쓴소리 듣고 정으로 살아

쓴소리 잔소리 큰소리
동네 우물물처럼 모두 먹고 듣고
옹달샘 샘물처럼 살아요!

물 흘러가듯
자연 소리 모두 듣고
쓴소리 정 도로 들으며

보람 꽃 피면서 살아

자유

새장에 새
보기는 아름답구나
먹는 먹이는 있는데
날지 못하는 새
가둔 새 철장 새

자유 새 나무 위 새
새 나들이 분주하구나
자연 새
날아다니는 새
하늘 새 자유 새

나는
새장 새인가
하늘 새인가

나는
하늘 새 되어

가족하고

친구하고

바람 부는 데로
날며 살리

눈빛 스침

꽃이 피고
나비 스쳐 가는데

스쳐만 가도
기분 좋은 인사

사랑도 미움도 깊이 없는 스침이
웬일인지 기분 좋아요

아침에 스치는 눈빛
그저 기분이 좋아져요

눈빛 스침
기분이 좋아지는 꽃이 있어요!

스쳐만 가도 기분 좋으니
나비는 스쳐만 가리

기분 좋은 나비되어
오늘도 스쳐만 보고 싶어요

공평

비가 내리니
우산 장수는 웃는데 얼음 장수는 우는구나?

시소는 올라가고 내려오고
세상사 공평하지 않은 것 같은데 공평하고

아래 층 사는 사람 높은 층 사는 사람
높은 것이 다 좋은 것 같은데
불이 나면 생사는 갈리고

젊어 고생은 인생길 좋고
늙어 고생은 황천길 빠르다
좋은 차 타고 빨리 가다 보면
떠나가는 길 빠르고
파란불 빨간불 못 가리면
영원 길 재촉한다

선한 사람
돈독이 오르면 약은 없으며 슬픔 길 재촉하고
욕심 많은 공든 탑은 재앙으로 날아가며
선한 마음은 스트레스를 잡아먹는다

인생사 늙어 가면
건강한 사람 병든 사람 끝이 다르니
자기 자신을 스스로 지켜라

타고난 복, 공평 우리의 삶
인생 보람 있게 살아가세

진실

동산에 적송나무 한 그루
그림같이 아름답기도 한데
슬픔 세월 흔적

태풍 이기기 위해 철갑 입었는데
휘어진 아픔
고귀한 흔적인가

오늘도 적송은 혼자
슬픈 악풍은 이제 불지 않아
진실을 알 때가 되었구나

진실이 거짓이 되어
거짓이 진실이 되어
슬픔 굴절을 누가 만들었는지?

진실의 의로운 짐
아직도 진실이 부족하면
보이지 않는 나이테가
남쪽인지 북쪽인지 말하리라

슬픈 진실이 아름답게 피어
진실 오고 있어요

세월은 바람

나는야 세월이 되어
봄바람이 불면
향기 있는 예쁜 꽃 피어
환희 아쉬워도 지고

하늘빛 받아 푸른 잎 되어
시원한 그늘 만들어 기다리다
여름 바람이 불면
오는 이와 이야기꽃 날리며 놀다가
가을 바람이 불면
해님 닮은 붉은 열매 주렁주렁 열어
긴 느림으로 씨 감싸고 보람 느끼다가

비오는 날 기다려
황금빛 단풍잎 옷 갈아입고
보는 이 즐겁게 만난 뒤
아래아래로 내려
찬바람이 불어 대면
낙엽이 되어
뿌리 감싸면 잠들리라

하늘이 오라면 빈 마음으로
갔다가
새봄에 다시 보자면
봄바람에 아름다운 꽃 피우리라

세월은 돌고 도는 바람
바람 따라 물 따라 흙으로 간다

운 때

엄동설한은
따사한 바람이 불어
천지가 녹아 봄이 오는데

꽃이 피고 만물이 생동하고
따사한 바람은 더운 바람이 되어
열매가 열리고 추수하는데
하늘 높은 파란 가을을 본다

좋은 시절 지나니
단풍잎이 낙엽 되어 떠나니
매서운 찬바람이 불어
산천이 숨죽은 겨울이 온다

바람은
좋을 때 살랑살랑 시원하지만
나쁠 때 무서운 태풍이 되어
끝은 슬픔 이별이 되었네

순간 운 때
빈 마음으로 좋은 바람으로 살자

인생사 운 때

흐르는 물과 바람과 구름 같다

낮은 곳에서

파랗게 보니 하늘이요
넓게 보니 바다가 보인다
더 아래
낮게 보니 흙과 같이 사는
꽃들의 세상이다

높게 보니 산꼭대기
올라갈 때 힘들었고
때 되어 내려오는데
조심조심 하는데 아픔이 오네

그래도 멀리 바라보니
지평선 아지랑이 아롱아롱
수평선 푸르고 하얀 물결이 색 그리며
여백의 세상이 보인다

해와 달 별 멀리 있지만
아래에서도 볼 수 있고
낮은 곳에서 보니
만물이 숨 쉬는
아름다운 꽃들의 세상이다

대의를 위할 때는 높은 곳에서
자신을 위할 때는 낮은 곳에서
진리가 있었네

낮은 곳에서 꽃과 같이 사는 다짐
좋으니
오늘 또 낮은 곳에서 본다

재능

꽃이 피는 것은
씨 향한 길
아름답고 향기로운 것은
씨 맺기 위한 사랑의 만남
빨강 보라 색색이 다른 재능 꽃 피네

꽃 피듯이
세 살 아이가
웃음꽃 피듯 얄밉게 잘하는 새싹
재능을 향한 길
소중한 다름, 재능으로 키워 보자

이어지는 것은
신비로운 재능

재능의 꽃씨를 심어
훗날 베푸는 것은
아름다운 꽃이 피는 길

우리 사회에
재능 봉사의 꽃 피우자

잘하는 것, 뽐내지 말고
보람찬 봉사로 꽃씨를 심자

PART 6

역사

애국 편지

현충원에 들어서니 엇!
뇌리를 스치는 것은 희생
독립 호국 민주
나라를 지킨 불멸의 애국

비문을 보는 순간 눈시울에 이슬이 맺힌 것은
희생이 너무 많은, 아픈 마음의 다짐

묵념 속의 고귀한 애국에 감사드리며
전선의 피지 못한 무명용사의 꽃이 피기를 애원하는데

낮은 곳 전우들 속에 반짝이는 큰 별이 눈에 들어 발길을 멈추니
동고동락하며 아직 피지 못한 전선의 꽃을 기다린다

야생화 꽃이 생긋 미소 지어
외로움 없는 아득한 터 거룩하고 편온한데

파란 하늘 한반도에
인위적 먹구름이 요동쳐 총알이 날고 폭탄이 떨어지는,
목숨 건 피눈물의 한을 더 맺게 하지 말아야…
나라를 위해 생명을 바친 고귀한 얼과 혼
묵념하는 애타는 다짐에서
보훈을 세운 애국정신의 편지를 드립니다
목숨 바쳐 세우고 되찾고 지킨
대한민국

아아, 애국정신 거룩히 빛나고

세월이 흘러가도 지울 수 없는
묵념 속의 독립 호국 민주

고귀한 정신 이어 받은
한민족의 얼과 혼

넋이 있어
평화로운 나라 터전 잡았으니
국가유공자를 기억하고
그 후손이 잘 사는 나라

대한 애국 꽃피어
힘찬 민주 번영을 이룩하자

하늘 편지

구름이 흘러가다 눈물로 내리는 날
전선에 피지 못한 꽃 찾아가는 길

너무 많은 앗!
보고서야
슬픔 앞서 눈물이 맺히며
내 마음은 슬피 울고 싶어
떠오른다

총탄이 빗발치는 전선에서
산새는 숲속으로 날아가고 노루는 놀라 도망치는데
참호를 떠나지 않은 임, 묵념 속의 영웅들

귀한 꽃
여기 모여 피어
슬픔보다 전우들의 애국 소리가 들리는
고귀한 혼과 얼
아름다운 꽃이 피었습니다

아직 전선에서 피지 못한 꽃
전우들과 동고동락하는 반짝이는 큰 별이
비문 속에서 기다리고 있으니
오시는 날 있으리라 믿습니다

독립 호국 민주의 꽃

편히 잠드소서
하늘에 편지를 씁니다

묵념

위기 속에 목숨 바친
호국영령 임이여

묵념 속의
이름 있는 꽃이여
이름 없는 들꽃이여

고개 숙여
참마음 묵념 드립니다

이국 멀리 들꽃이 되어
꽃씨를 날리고 있는 임이여

전선에서 야생화 꽃피어
알찬 열매를 기다리는 임이여

아직
비문에도 이름이 없는
소중한 꽃이여 임이여

그 덕에
우리 강산이 있는데

지금
폭언 폭탄이

강산이 흔들리고
태평양이 흔들리면 안 돼요

그날의 비통함을
아직 지우개로 못 지우고 있습니다
우리가 지켜야 하는
강산

역사에서
외세 힘 바라보니
그 대가는 뼈아프며 오래가고

한 방의 위력
비대칭 무기가 발악하지만
슬기롭게
위기를 극복하여

너무나 많은 비석 숲에
또 비문을 세울 수는 없지요

묵념의 슬픔을 기억합시다

죽지 않는
들꽃 야생화 꽃 피어
한반도를 지키는데

독립 호국 민주의 꽃
헌신과 희생
따뜻한 열매 만들어

길이길이 이어받아
위기를 극복합시다

열두 살 할머니

열두 살 소녀가 소 몰러 나왔다가
쾅 소리, 소리 없는 비명
몸빼는 붉은 피로 물들고 피 흘린 구멍이 있어도
숨죽인 침묵3은 가슴속에 파편 조각 심었네

찬바람이 불어 대면 귀신 둘4 들어와 미쳐야만 했어요
가슴속의 얼음덩어리 밤이 싫어 겨울은 정말 싫어
치병 굿, 신령께 울고 빌며 지푸라기 잡아도
차라리 광풍 불어 낙엽 지듯 가고 싶었어요

쓰라린 가슴속 얼음조각 아픔이 너무나 깊어
통증 할머니의 신음소리만 들린다
미안해요
아플 때 울고불고 통곡 못하는 침묵

긴긴 칼바람 아픔 넘어 사경의 몸부림
참 좋은 지팡이, 오십 먹은 귀신 잡아

열두 살 할머니의
달맞이꽃 나팔꽃 보이는 새로운 삶
겨울봄꽃 동백꽃이 피었습니다

---

3 숨죽인 침묵: '죽어 버릴까 봐'.
4 귀신 둘: 폐, 허벅지 두 곳에 박힌 파편 조각.

울음소리

보이지 않는 거미줄 선5 그어 놓아
부들부들 떠는 공포와 죽음의 마을이 되어

악몽 꿈꾸던 새벽
완장쟁이 광풍 불어와

비명과 아우성이 온 마을을 휘감아
붉은 비린내가 뒤엉키어 신음한다
살벌한 회오리 주검의 터,
할미 한 살 세 살 동굴은 마지막 안식처,
밖으로 새어 간 아이의 울음소리
이승 통곡의 유언

하늘이 노란고 땅이 붉은데 아직도 악몽을 꾸고 있는가
더 이상 빨갱이 물들이지 마라

가슴속 뿌리 없는 나무 낙엽 되어
울음소리 찾아가는 길
아 슬프다. 이립(而立)이었을 뿐인데

---

5 선: '해안선 5㎞ 이상 중산간 지대 통행자는 빨갱이 간주 사살하겠다'.

울음소리 들리는 처절한 몸부림,
진실의 파란 하늘 빛 모아
목매어 기다리던
하늘 꽃 피어

진실을 찾아
파란 새싹들이 움트고 있다

서천 꽃밭에

정자나무에 칡덩굴[6]이 뒤덮어서

대낮 총소리에 덜덜 떨며
이편 되었는데

달 없는 야밤에 총부리로
저편 되었는데

이편저편 왔다갔다 목숨 왔다갔다

도피자 가족 되어
살려달라는 처절한 소리보다
말없는 검지가 빨라서

서천 꽃밭에 날아가고[7]

죽은 자는 말이 없는데
긴긴 세월 쓰디쓴 피눈물의 몸부림,
한라산 참꽃이 피고
더불어 사는 마음 꽃도 피어

---

6 칡덩굴: 이데올로기, 외세.
7 서천 꽃밭에 날아가고: 도피자를 대신하여 죽은 가족.

파란빛 모아
하늘 꽃 피어
서천 꽃밭에 새싹 움튼다

동박새 되어

애비가 대신 가는 날
주마등처럼 지나간 세월이 수없이 스친다

할머니의 어미 새 이야기
동박새 예쁜 다섯 품었는데 어미 몰래 둥지 나간 아기 새, 독사가
뒤쫓아, 주둥이로 쪼고 쪼아 피투성이 어미 새, 독사는 지고

총소리에 집나간 밤 둘

우리 집은 도피자 가족

둘의 숨은 둥지 알고 있어도 입을 열 수는 없다

살아도 죽은 자 통곡의 나날

대살(代殺)

애비 서천 꽃밭에 날아가고

주둥이 없는 한(恨) 못 풀고 간다

아들아 동박새 되어

동백꽃 피는 봄 기다려라

하늘 꽃

헛발질 완장의 빗나간 총소리
비명과 아우성의 피비린내가 떠돌아
억울한 피 메아리 울린다

한(恨) 심은 쓰린 피
백록담 하얀 물
하늘에 올라

천형(天刑)
번개
우르르 쾅쾅쾅
벼락
하늘 가리는 먹구름 내리고

더불어 사는 마음 꽃피어
파란 하늘 빛 비추니
하늘 꽃8 피었다

하늘 꽃
진실 가는 길
새싹 물거름 주는 천(天) 있었다

---

8 하늘 꽃: 대통령 공식 사과, 국가추모일 지정.

빨갱이 물

들판의 농부여 바다의 해녀여
불 밝히지 마라
선 넘지 마라

달 없는 밤 등잔 불빛 새어나가
총부리로 쑥대밭 되고
선 넘은 중산간 마을에는
슬픈 비린내, 까마귀가 울어 대는데

앞뒤도 없이 굴레를 씌운
피눈물의 서글픈 빨갱이
아비는 서천 꽃밭에 날아가고

외기러기 슬피 울며
신세타령 대신해 주었는데
엄니는 빨갱이 물빨래하다 가시니

적막한 빈터에
붉은 완장 썩은 물만 고여 있네

빨갱이는
가장 더러운 무서운 죽음의 소리

빨갱이 물들이지 마라

이편저편 가라

낮에는 이편 밤에는 저편
오늘은 이편 내일은 저편
이편저편
눈치 보며 살아가는 하루살이

밤(栗) 하나는 흰 완장 차고
오리발 되어 싸다니는데
밤(栗) 둘은 붉은 완장 차고
산새 되어 날아다닌다

흩어진 외기러기 가족
무서운 더러운 완장쟁이들아
우리는 어떻게 하란 말인가

니가 못 오면 어미가 갈란다
어미가 죽고 니가 살아야지
우우우 슬픈 그날들
칠 년이 넘도록 길어도 너무 길었네

외기러기 슬피 우는
주둥이도 없는 못난 어미
피눈물로 한(恨) 맺힌 한세상 살고 간다

편 가르는 이편저편 가라

완장 불 태워라

붉은 헝겊떼기 완장 달걀 눈 되어
작은 바늘 큰 바늘 찌르고 찔러 가슴 멍들어
아기가 울며 순사 온다면 뚝,

눈물 가슴에 심으며 긴 세월 살아 왔는데

흰 헝겊떼기 완장 바꾸어 차고 오리발 되어
총질하며 오네

빨갱이 표시 없는 올빼미 산에서 살아
무차별 총질하며 가네

광풍 돌풍 인류 모르는 완장쟁이들아

살려 달라고 애원하는데
애비는 서천 꽃밭에 날아가고

동네가 총질하는 놀이터인가

낮에는 이편 밤에는 저편
동네 사람들은 어찌하란 말이오

완장 필요 없어요
총소리 나기 전에 완장 불태워라

한(恨)

동네 사람들은
산과 들 바다 덕에 살았는데

칡덩굴에
얼치고 설치고 겹치고 휘감아

원점은 공비인데 어디에 두고
중산간 마을 불바다 피바다 눈물바다
죽고 사는 술래잡기만 하네

총소리, 빨갱이, 도피자, 앞잡이
죽고 사는 쪼개진 칼날
헛발질로 선한 양들만 죽어 간다

광풍 돌풍 회오리바람으로
적막 속의 빈손들
한(恨) 낙엽처럼 쌓이고 있는데

산 자 죽은 자의 한(恨) 하늘에 올라
파란 하늘 빛 빛나니
빨갱이 물 바닷물에 부어 버리고

진실의 빛
하늘 꽃 피어
한(恨) 되풀이 없는 한 풀어라

연미 마을

보복의 되풀이
독기 살기 서리고
죽음의 총소리 밤낮으로 들리는
독 오른 독사 살모사 밭에서 어떻게 살아

완장쟁이 총소리 실행된 악(惡)
원점은 어디에 두고
빈손들만 가는 순서 기다린다

오리발 굴레 씌워
초가삼간 불태우고
사랑하는 카네이션 각시붓꽃 슬피 지고
피눈물 얼어붙어 날지도 못하니
내가 미워서 꽃 따라간다

총부리로 빨갱이 물들어 가는 마을에
억울한 죽음의 총소리
피 울림 메아리친다

긴긴 칠십 년 지나
더불어 사는 마음 오고
한(恨) 푸는 천(天) 오시어

하늘 꽃 피었다
흰 마음속에 종달새 높이 오른
무지개 연미 마을 그린다

원점

원점 무장대는 날아다니는데
중산간 마을에 사는
빈 손발 선한 노루 마을 사람들
굴레를 씌운 도피자 가족
피눈물 흘리며 서천 꽃밭에 날아가고

원점은 살아 있어
술래잡기 보복에 빈손들만 죽어 간다

원통하게 가신 임
크로버 네 잎이 백 번이나 떨어지고
한라산 백록담에 삼만 피눈물 담았네

한(恨)이 한 심고 한이 된 마을
보복의 악순환 칠 년이라네
원죄는 원점
원점 뒤에 숨은 보복전

원점 모르고, 기억하지 못하는 역사는
빈손들의 피눈물만 악순환된다

참꽃 삼다보려[9] 피어

한라산 참꽃 푸른 잎 세 잎
삼다 삼보 삼려 빛나고
붉은 꽃잎 다섯 잎
오오 다섯 꽃잎 삼삼오오 살았는데

돌풍 광풍 회오리바람이 불어 대며
칡덩굴이 휘감아 피지 못한 꽃

붉은색 물들었다고
서천 꽃밭으로 날아가고
외기러기 빈손들은 피눈물로 살았네

긴 세월 칠십 년 지나
하늘 꽃 피어
평화의 여신 진실이 찾아와

하늘에 먹구름이 사라지고
제주의 푸른 하늘 빛나니
삼다보려 참꽃 아름답게 피었네

서로서로 참 미소 보며 살아 보세

---

9 삼다보려: 삼다(바람, 돌, 여자), 삼보(언어의 보배, 관광, 바다), 삼려(아름다운 마음씨, 자연환
   경, 열매).

순풍 꽃

악풍이 멈추고
순풍이 불기 시작하니

가슴이 편안하고 머리가 맑아
마음의 순풍 꽃풍이 분다

구천을 헤매던 번지 없는 민의는
촛불 향기가 되어 제자리를 찾는다

아리랑 고개 넘어
민의의 꽃이 피었습니다

금수강산에
좋은 씨 심으니
이제야 땀방울의 보람이 오고
소중한 다름의 재능이 되어
꽃이 피고 귀한 열매가 열린다

얼씨구절씨구
무궁화 꽃이 피었습니다

아리랑 고개 넘어
대한민국 정의의 꽃이 공평의 꽃이
순풍의 꽃이 피고 있습니다

충성대 생도

조국
명예 충성 지성 체력 품성의 만남
푸른 한 그루 나무 생도의 숲이 되어
화랑의 새 길을 간다
우렁찬 함성소리 군가 소리 총소리
직각, 유연성 넘치는 모습
듬직 넘쳐흐른다

사명에 따른
정신 체력 감성 바탕 위에
문무의 덕을 닦은
리더 양성의 요람에서
옳은 것을 지향하고
청백한 품성과
필승의 신념을 배양하는
화랑의 핏줄은 전진한다

피와 땀으로 뭉친
아름다운 다이아몬드 이룬
국제 신사
대한민국 장교가 되어
나라와 겨레의 통일을 위해
힘을 기르는 초상
국민의 생명과 재산을 지키는 간성
명예로운 길 시작한다

길이길이
충성대의 기상은 드높아 간다

국방과 나

대한민국 수호 국방의 의무

나 혼자
조국 지키기 위해
총칼 들고 평생 살아가면
얼마나 힘들고 불편할까

푸른 한 그루 나무가 숲이 되어
일 년 이 년
국민의 생명과 재산
나라 지키는 보람 속에
강인한 정신과 체력 만들어
평생 지워지지 않는
큰 자산과 추억 만들었네

이제
푸른 열매 간직하고
마음 편하게 살아가는
알찬 가슴으로
전우와 헤어져도
또 만나는 인연을 기다리며
푸른 경험 철학 간직하고 간다

알찬
새로운 길
희망의 전진
푸른 희망으로 도전하며
통일의 그날 기다린다

전선의 꽃

낯선 전선에
푸른 잎 되어
세월의 흐름도 잊은 채

굽이굽이 산이 겹친
삼각지 위에서
선을 지키고 있네

뭉게구름 흘러가고
산천의 물도 오고가는데
내 발길만 멈추어 섰네

자연 속의 전선에는
무명의 꽃 피고 지고 피고
하늘 나는 새는 선이 없으나
땅에 노는 노루는 위태로운데
들꽃 향기는 무심만 짙어 간다

푸른 잎이 지기 전에
무궁화 꽃 피고
평화의 터 이룩하여
모두가 오고가는 강산 기다린다

자연은 피고 지고
통일을 기다리고

대한은
그날을 애타게 기다린다

PART 7

가족

흔적

가신 날 슬프고 눈물의 강이 되었네
칠 남매 낳고 키우며
살아생전 고생만 하다 가신 부모님

아버지 생전
천사의 섬 관문 압해면 원신장리에서
동네 일, 면 일 내 일 같이 하시고
인자하시고 정이 많으신 손해 보는 삶
친구 보증 서고 온 재산 날아가고
평생 자식들에게 죄지은 양 살아
영원히 떠나실 때도
나는 빈손으로 간다며 퇴원하신 분

어쩌면 자식들은 그 반작용 교훈을 받았을까?
욕심 없는 삶 존경합니다
자식은 이제 마음 비우고 여유 찾는
자연을 통한 '시' 영감 지혜 주시었으니
감사하며 아름답게 시 속에서 살아갑니다

어머니 생전
부잣집 막둥이로 김씨 집안에 시집 와
집안일 교회 일 최선 다해 열심히 하시고
칠 남매 낳아 기르고 가르쳐 고생하신 삶
영원히 가시는 날에도
누구 보고 싶으냐고 물으니 다 보았다고

자식들 바쁜데 오지 말라는 마지막 말씀
지금도 그 슬픔이 하늘과 가슴에 맺히며
늘 기도하는 삶 존경합니다

자식들은 이제 어머니의 참다운 믿음
기도를 통해 하느님을 아는 믿음 주시었으니
감사하며 예수님의 이름으로 기도합니다

아버지 시조 읊으시고 어머니 꽃 좋아했는데
이제 두 분 미련 없이 저 세상 천당에서
편안하고 행복하세요!

이제
칠 남매 일 년에 한 번이라도
김정모, 김질심의 날 만들어
자식 며느리 손주 인사드리며
부모님 곁으로 가는 날까지
오순도순 따사하게 잘 살겠습니다

어머니 꽃

해님 웃음 달님 미소
웃음 미소 늘 피는데

어머님은 칠 남매를 키우시며
자식에 대한 사랑의 걱정 때문에
웃음 미소보다 우시는 날이 많았던지

화단에 화분에 웃는 꽃 미소 꽃향기 심어 사랑 정성 가꾸니
십일홍 백일홍 웃음꽃 피고 분홍 빨강 노랑 미소 향기 날아
강단에도 늘 웃음꽃 미소 꽃 피어 기도의 향기가 스며 드니
은혜 속에 얼굴에 향기 있는 사랑의 분홍 꽃 피었습니다

함박꽃 웃음 꽃향기로 사신 어머니

하늘나라 가실 날에도
노란 꽃 손수건 흔들며
함박 국화꽃 웃음 속에 가신 어머님

평생 꽃 심었던 고향 집 화단, 늘 기도하신 참 교회, 서울 구경하
시던 대공원 꽃핀 길, 하늘나라 가시던 길 선 안산, 아름다운 향
기 선영에도 영영 떠난 후, 오늘도 한 아름 분홍 꽃 피고 함박웃
음 웃고 있습니다

어버이날
꽃 사랑 엄마 아빠 생각납니다

설

아버님 어머님 모습이 또 뇌리에 스칩니다
시골 풍경이 눈에 아롱거리는 설
고향에 도착하면 즐거워 미소 나팔꽃이 피고
떠날 때면 신작로 길 언덕에서
손 흔들며 아름다운 서운한 이별 주시던
슬픈 모습이 오늘도 눈에 선합니다
나무는 살아, 때가 되면 파란 잎이 무성하고
꽃도 피고 열매 맺어 씨앗을 남기고
낙엽으로 떠나도, 봄에 또 오는데
부모님은 떠나신 후 오시지 않네

어머니 천당으로 가신 날

– 2013년 1월 2일

새해 첫날 겨울에 남쪽나라 목포에서 천당 바라보며
아버님 곁으로 흰 구름 흘러가듯 가신 어머님
살아생전에 꽃을 좋아해 집 안 뜰에도 꽃이 만발하고 꽃 화분의
향기 속에 사신 어머님
가신 날 슬프고 눈물의 강이 되었어도
국화꽃 향기가 가득한
축복 속에 하늘나라에 가신 어머니
살아생전에 고생만 하다 가신 어머님
부잣집 막둥이로 김씨 집안에 시집와
칠 남매 낳아 기르고 가르쳐 고생하신 삶
자식 공부 못 가르쳐 죄지은 양 살아가신 어머님
집안일 교회 일 최선 다해 열심히 하시고 법 없이도
사신 어머님

영원히 가시는 날에도 며느리가 고개가 편하도록 손으로 받치니
까 힘드니 그만하라고 하신 어머니 누구 보고 싶으냐고
물으니 다 보았다고 자식들 바쁜데 오지 말라는
마지막 말씀
지금도 그 슬픔이 하늘과 가슴속에 가득합니다
늘 기도하는 삶 존경합니다
자식들은 이제 어머니의 참다운 믿음
기도를 통해 하느님을 아는 믿음 주시었으니
감사하며 예수님의 이름으로 기도합니다
아버지 여유의 긴 시조 읊으시고
어머니 꽃의 웃음 속에 많은 자식들을 멀리서만

311

바라보신 부모님
이제 두 분 천당에서 편안하고 행복하세요!

일곱 그루 나무

삼 년 사이로 심었던
일곱 그루 나무가
처음에는 푸르게 자라더니
두 나무가 푸름이 지워져 가면서

걱정 속에 내 가슴속에 심어져
물거름 더 많이 주었더니
정이 많이 들었는지
푸름을 찾아
아름답게 긴 세월 다가오더라!

지나간 어머님 생각
칠 남매 중에 어머니 가슴속에
아픔을 심은 두 자녀 있었는데
용돈 드리며 한 푼도 못 쓰고 흘러 가더라
흘러 가면 못 드린다고 말했던 나

어머님의 마음
애타고 애처로이 얼마나 울었을까?

몇 푼의 용돈이 불효자식이었구나
부모님 심정 모르는 불효자식이었구나

이제는
어머니 가슴속에
들어갈 수 있는데 깨달음이 왔는데

슬픈 마음 드릴 수 없네!

효행

내 눈은 내 몸은 내 마음은
나는 왜 효행을 못했을까

바쁘다는 핑계로 전화 자주 안 하던 나
모두 모이는 명절도 못 가고
용돈 몇 푼으로 효도인 줄 살았으니
한 많은 내가 되었네!

천 리 길 멀리 살았으니
행동은 안 했으니
후회한들
이제 무엇으로도 할 수 없네

부모님 가신 후에
은혜가 무엇인지
진정한 효행을 깨달았으나
밤하늘에 외로이 통곡하네

부모님의 은혜와 은덕은
해 오름처럼 끝이 없는데

효행을
부모님 떠난 후 알았으니
그리움이 한숨으로 남는다

부모 자식

고향 마음 설레어 천릿길 마다하고
한걸음으로 달려간 자식
어머님
버선발로 나오시어
반기는 기쁜 행복 미소
그날들이 있었네
언덕마루 신작로길 바라보며
이별 손 흔드실 때
아쉬운 미소 서운한 마음
눈시울이 적시어 몰래 울던 눈물

그 시절이 슬픔으로 그립구나

이제는
산 소중한 곳에 모시고
빛나는 하늘나라의 부모님

동심에 젖어 향수에 젖어
마음은 고향 속에 묻히는데
만나는 날은 기일 한 번 명절 두 번
행복 미소 아쉬운 미소 만나고 싶은데
세월 속에는 영영 만날 수 없네

살아계실 때 잘해!
송편 빚고 햅쌀밥에 풋과일 먹던 그날들
보고 싶구나, 가고 싶구나
부모님 햅쌀밥 고향

연만동(延滿東)

(연)줄이 (만)이 되는 (동)쪽의 해오름
드높은 파란 하늘 하얀 구름 두둥실

아름다운 푸른 바다 흰 물결 춤추며
해송과 들꽃 향기 산새 날아드는 명당

'우청용좌백호' 아늑한 터
영원토록 편안하리라!

은은한 달빛 속에 은하수별 흐르는
만물의 향기, 편안한 하늘나라 천당에
아름다운 축복 영원하리라!

국화꽃 향기 속에 이별하신 아버님
진정 하늘나라에서 편안하시옵소서

고향의 봄 노래 드립니다

꽃 사랑

하루의 시작은 기도
태어난 순서대로 이름 부르며
봉사하라! 강건하라! 안전하라!
일주일의 시작은 예배당 봉사
드리는 마음이 최고이신 어머님
꽃 드리고 새 양식 드리고
여건만 생기면 드리는 마음이신 어머니

꽃 사랑 속에
둥글게 화단 만들어
동백꽃 백일홍 석류꽃 피고 지고
꽃처럼 소리 없이 스르르
웃으며 사신 어머님

대추나무 감나무 무화과 과일나무 심어
열매 열면 따 먹는 행동 주는
마음이 행복한 어머니
가지 많은 나무 바람 잘 날 없다고
칠 남매 낳고 길러
늘 걱정 속에 사신 어머니
이제 영원히 편안하소서

하늘나라 천당에 가신 날
국화꽃 향기 속에 이별하신 어머님
진정 하늘나라에서 편안하시옵소서
고향의 봄 노래 드립니다

하시던 일

어버이 하시던 일 내 눈으로 보았는데

나는 왜 못했을까

제복 입었다는 핑계로
전화 한 번 안 하던 나
모두가 모이는 명절 찾아뵙지 못한 내가
용돈 몇 푼 드리면서 효도인 줄 알았으니

한 많은 인생 되었구나

말로는 효도하라 가르치고
행동은 실행하지 않았으니
내 자식 잣눈으로 보았는데
효행하는 것 보지 못했으니

효행 어디에서 찾아야 하나

별나라 떠나신 후 어버이
은혜, 효행이 무엇인지 알았으나
내 자식 걱정 내 걱정
밤하늘에 외로이 통곡만 하네

은혜와 은덕은 해 오름 끝이 없네

효는 태어날 때부터 보고 배우는 것을

부모님 떠나시고 알았네

어버이날

긴 기다림 일 년

꽃잎 다섯 만들어

일곱 예쁘게 감싸네!

꽃술
향기 풍기는
꽃 인사 예쁘네!

벌 나비 날아드니
꽃잎 위에 환대하여
꿀 선물 주네!

아름다운 꽃봉오리
꽃술 칠 공주 모여
꽃동산 이루네!

꽃잎은 아름답고
꽃술은 향기롭고
벌꿀은 감미롭고

꽃향기에 취해
꿀맛에 취해
은혜만 남는다

떠오름

나 낳으신 님
하늘 길 가시고
후회의 쓸쓸함
달과 별 아름다움 속에
편안을 빈다

해 오름 찬란한 빛
새 아침이 온다

떠오름
고요한 고독
아름답게 핀 꽃

고독의 행복은
떠오름에 있다

둥근 달 두둥실

빤작빤작 빛나는 별
동심에 젖어 향수에 젖어
마음은 고향 속에 젖는다
고향 마음 설레어 천 리 길 마다하고

송편 빚고 햅쌀밥에 풋과일 먹던
그 시절 그립구나

이제는
산속 소중한 곳에 본적을 두시고
주소는 빛나는 하늘나라 특별시

만나는 날은 기일 한 번 명절 두 번
세월이 아쉽구나

살아계실 때 잘해!

보고 싶구나, 가고 싶구나
부모님 그리고 고향

손주

큰 손주 김한솔
이월 이십 일 이 세상에 태어나
초등학교 배움터에서 지내요
큰 소나무는 늘 푸르며 향기가 나
늘 인기가 많고 산들바람에 춤추며 즐거워요!
나이테 그리며 무럭무럭 자라고 있습니다
미래의 희망은 아이돌의 꿈 있었으나
파란 창공을 나는 스튜어디스가 희망이래요
운동신경이 좋아 구름다리도 한숨에 건너고 춤도 노래도 잘하고
명랑하게 전진하고 있습니다
이제는 아나운서, 희망
미래의 희망은 푸른빛이 날 때까지는 늘 변할 것 같대요

둘째 손주 김한슬
시월 이십육 일날 이 세상에 태어나
초등학교 배움터에서 지내요
큰 슬기 가득하여 명석하고 한곳에 집중력이 있어
늘 인기가 많고 미소의 즐거움이 흐릅니다
나이테 그리며 무럭무럭 자라고 있습니다
미래의 희망은 미술 선생 피아노 선생의 꿈도 있었으나
동물이 좋아 수의사가 희망이래요
건강하여 그네 타기 책 읽기, 노래도 이야기도 좋아하고
슬기롭게 전진하고 있습니다. 배드민턴도 잘해요
미래의 희망은 슬기의 푸른빛 날 때까지 늘 변할 것 같대요

한솔 한슬 내 삶의 보물
내 삶의 보물이 내 나라의 보물이 되면 좋겠습니다

여보 오늘

현 미 호 향 백년해로(百年偕老)
미향 향기 풍기며
샘내 마을 사랑 보금자리 마련하고
아홉 가족 정 느끼며
오늘을 산다

아들 셋, 며느리 둘, 손녀 둘
현 미, 일셋, 신 유, 한둘, 아홉 식구
정을 받아 다정 언제나 흐르고
남편 아들 며느리 손주 모두가
고마움만 느끼는 여보 어머니 할머니
감사합니다

금은보화 건강 행복 동행하여
즐거운 날, 오늘 살리

한솔 한슬아 푸르며 슬기롭게 자라라!

한솔 오늘

일신환영 백년해로(百年偕老)
한솔 푸른 향기 풍기며
광교산 기슭 힘찬 보금자리 마련하고
적송나무 배움터 미래를 바라보며
오늘을 산다

빌딩 숲속에서 파란불 보면서
정조 대왕의 아름다운 행차길
금빛 받아 부자 되는 길 터

한 우물 파 새 물 흐르니
금은보화 건강 행복 동행하여
즐거운 날 오늘 살리

한슬 오늘

일유만경 백년해로(百年偕老)
한슬 달콤 향기 풍기며
안심성지에 전원 보금자리 마련하고
종달새 보름달 은하수 바라보며
오늘을 산다

파란 하늘 아래 푸른 산 두르고
대건 성지의 끝자락 아름다운 호수
하늘 빛 받아 춤추는 터

한 우물 파 새 물 흐르니
보람 행복 건강 동행하여
즐거운 날 오늘 살리